AF332074

CÂLINS ASSASSINS

Delphine Paquereau

CÂLINS ASSASSINS

Postface du Dr Stéphanie Dauver

© Max Milo Éditions, Paris, 2016
www.maxmilo.com
ISBN : 978-2-315-00714-1

16 mars 1990

À l'attention du Professeur Alain[1], urologue au CHU de Poitiers.

Je suis envoyée par le néphrologue, le docteur Brunet de La Rochelle. Delphine a été opérée en octobre 1987 d'un reflux bilatéral (selon la méthode de Cohen) car elle avait des infections urinaires et fièvre à répétition. Elle a d'abord eu des traitements pendant sept mois sans résultat, alors la cysto a montré un reflux niveau quatre, elle avait plus d'infection. Très bien de ce côté-là. Elle avait un problème jonctionnel qui a été opéré en septembre 1988. Ça allait bien. (Le chirurgien docteur Favre est plus à La Rochelle, raison santé, il est parti.)

Depuis janvier 1989, elle recommence à avoir mal à son dos toujours le même côté, qu'elle fait voir à gauche, elle a des traitements sans résultat et plus le temps passe, plus elle a mal.

Lorsqu'elle fait pipi, elle a mal dans son dos en haut.

Elle peut se retenir, mais ça lui fait mal, ça lui déclenche de grosses crises, il faut lui donner du Spasfon.

On m'appelle aussi de l'école.

---

1. Tous les noms et prénoms du texte ont été modifiés.

Il y a eu quinze jours dimanche, elle a eu 39° toute la nuit, pas de mal de gorge, ni oreille, ni ventre, juste à son dos. Le lundi, le médecin traitant est venu, il ne pouvait pas y toucher son dos, alors elle a eu six piqûres de Gentalline + Célestène, il m'a renvoyée voir le néphrologue le docteur Brunet qui l'a trouvée fatiguée, les yeux cernés. Il lui a fait faire une scintigraphie en janvier 1990, j'ai porté la photocopie qu'on m'a confiée.

Alors on devait venir vous voir le 28 mars 1990 mais il a avancé le rendez-vous. Car sur sa dernière UIV [urographie intraveineuse, N.D.A.] il trouve le bassinet gauche dilaté, sur la scintigraphie plus lent à gauche.

Alors il m'a dit qu'il vous connaissait très bien et qu'il faut certainement reprendre la jonction et il préfère que ce soit fait par vous.

Le docteur Brunet m'a expliqué qu'il valait mieux que vous l'opériez maintenant que d'attendre que son rein soit touché, et on ne peut pas la laisser comme cela.

Madame Robin.

PORTRAITS DE FAMILLE

Je voudrais me souvenir de cette histoire que j'ai gardée au fond de moi, mais qui occupe mon esprit et me pose beaucoup de questions auxquelles j'ai de grandes difficultés à trouver les réponses. Je pense que cela me serait utile. C'est pour cela que j'ai décidé de la dévoiler, d'enlever cette croûte épaisse qui m'empêche de me sentir bien, confiante, épanouie, heureuse...

On s'est toujours promis, avec maman, qu'on n'en parlerait plus, que c'était fini. Sauf qu'après cette promesse que je me refusais de trahir, j'ai eu de nombreux mauvais moments à passer et je revenais toujours vers ma mère pour être rassurée. Je cherchais toujours à savoir pourquoi je me sentais si mal dans ma peau, pourquoi la peur de mourir m'envahissait de nouveau, comme dans l'enfance. J'ai pris peu à peu conscience que ce mal-être venait probablement du vagabondage hospitalier vécu dès mon plus jeune âge, de la façon dont ma mère me manipulait, de toute cette tristesse, ces peurs, toutes ces émotions si bien refoulées depuis des années. Mon esprit ne veut pas se souvenir mais mon corps, lui, n'a rien oublié et me le fait savoir.

Le besoin de comprendre d'où provenait un tel mal-être est survenu un peu avant la naissance de mon premier enfant, Lila.

Afin de remettre de l'ordre, de comprendre et de pouvoir m'approprier mon histoire, j'ai naturellement éprouvé le besoin de rencontrer les médecins qui m'avaient suivie lorsque j'étais enfant. Même si je ne me souvenais plus d'eux, je voulais qu'ils me racontent comment je me comportais, comment maman se comportait, comment ils s'étaient rendu compte de ce qui se passait réellement, ce qu'ils ont fait pour stopper cela... J'ai donc demandé la copie de tous mes dossiers médicaux auprès des différents établissements dans lesquels je suis allée : CHU (centre hospitalier universitaire) de Nantes (hôtel-Dieu et pavillon mère enfant), CHU de Bordeaux, CH (centre hospitalier) de La Rochelle, CH de Saintes, clinique de Niort, CHU de Poitiers, hôpital Necker ; ainsi qu'auprès de mes médecins traitants, les docteurs Pelletier et Hacquin, du juge des enfants du tribunal de grande instance de Rochefort et du tribunal de Marennes. Il n'y a qu'un dossier que je n'ai pas obtenu, celui qui aurait dû se trouver chez notre médecin traitant à Marennes et qui semble avoir été perdu.

J'ai également voulu retracer mon histoire à partir du commencement, c'est-à-dire avant ma naissance même, à partir des souvenirs de ce que maman a pu me raconter au cours de mon enfance.

Ma mère est la dernière de sa fratrie. Elle n'était pas une enfant désirée. Sa propre mère n'hésitait pas à lui dire qu'elle était un « accident ». Malgré tout, elle a de bons souvenirs de son enfance. La fratrie se compose de trois sœurs et deux frères. Filles et garçons se succèdent avec une régularité parfaite et une dizaine d'années sépare ma mère de l'aînée. Tous étaient très proches, ils jouaient et sortaient ensemble. Elle me raconte parfois les jeux et les bêtises qu'elle pouvait faire avec eux. J'aime l'écouter. Je l'imagine en patins à roulettes avec ses frères, ses sœurs et ses copines en bas de son immeuble. Elle a grandi en région parisienne, dans une cité HLM de la Seine-Saint-Denis. Sa mère était concierge. Son père travaillait, je crois, au service communal d'une ville voisine.

Je me souviens de maman me parlant de l'amour que lui apportait sa mère, de sa gentillesse, de sa douceur, de ses câlins.

Elle avait le cœur sur la main, me disait-elle. Je ne sais pas quels étaient les rapports de ma mère enfant avec son père, mais devenue adulte, elle et lui étaient proches.

Toute la famille passait ses vacances en Charente-Maritime. Au début, mes grands-parents louaient une maison. Puis ils ont fait construire la leur dans la région, dans l'objectif d'y passer leur retraite. C'est ainsi que mes parents se sont rencontrés. Mon père est originaire de la commune où mes grands-parents se sont installés.

Quand leur relation est devenue sérieuse, ma mère a pris le parti de quitter son emploi pour venir s'installer avec papa qui ne voulait pas vivre aux environs de Paris. Les frères et sœurs de ma mère sont restés en région parisienne. Nous y allions parfois pour les fêtes de fin d'année. Mon père nous emmenait faire une virée en voiture dans Paris pour voir les illuminations. Elles n'avaient rien à voir avec celles de chez nous, ça paraissait grandiose.

Mon père aussi est le benjamin de sa famille. Il a une sœur et un frère. Fils d'artisan, il travaille comme mécanicien pour bateau dans le garage familial. Même s'il n'a jamais coupé le lien avec les siens, nous côtoyons peu sa famille. Ma mère y était peu appréciée, surtout par ma grand-mère paternelle. Je pense qu'elle ne la trouvait pas assez bien pour son fils. Mes parents rencontraient de façon récurrente des soucis financiers. Si les parents de ma mère se montraient présents et arrangeaient les choses, les parents de mon père, en revanche, semblaient penser que cette situation était due au comportement de ma mère. Comment mon père vivait-il cet éloignement, je n'en sais rien. Je sais par contre qu'un événement l'a bouleversé.

Son frère est décédé dans les années 1990. Je garde peu de souvenirs de mon oncle qui s'est pendu une nuit de nouvel an. Je sais que ce fut un dur moment pour papa. Comme papa est pompier volontaire, son bip a sonné et, malgré les efforts de ses collègues pour lui éviter la vue de son frère pendu, il est arrivé sur le lieu du drame, au garage familial. C'est lui qui s'est occupé de son frère. Il n'en a jamais parlé, je ne l'ai jamais vu pleurer non

Portraits de famille

plus. Maman, elle, disait que mon oncle avait fait ça à cause d'un chagrin d'amour.

La réaction de mon père face à ce drame le résume entièrement : quelqu'un de gentil et doux mais discret et peu démonstratif de ses émotions.

Dans mes souvenirs d'enfant, papa est une personne joyeuse et attentionnée. Ses câlins, ses bisous sont très rares mais jamais il ne m'est arrivé de penser qu'il ne m'aimait pas. Lui ne m'a jamais permis de douter. Quand on passait du temps tous les deux, il portait de l'intérêt à toutes mes questions d'enfant. Et j'en posais énormément des questions, lançant des « pourquoi ? » à tout-va. La patience de mon père est infinie, il tente de donner une explication à toutes mes interrogations.

Nous sommes trois enfants. Je suis la benjamine et la seule fille.

Ma mère racontait souvent que pour le premier-né, elle n'avait pas eu de préférence quant au sexe. Mon père, lui, souhaitait un garçon. En revanche, pour le deuxième, elle voulait absolument une fille. Son vœu semble exaucé deux ou trois ans plus tard lors des premières échographies, ce qui l'enchante.

Mais à la naissance, elle met au monde un deuxième garçon dans l'hôpital local le plus proche. Elle ne cessera de nous rabâcher plus tard à quel point elle a été déçue, y compris devant mon frère. Je n'ai jamais su comment il le prenait, Paul n'exprimait jamais ce qu'il pensait.

Elle réclama donc un troisième enfant, dans l'espoir d'avoir une fille. Mon père a accepté, pour faire plaisir à sa femme.

Et dix-huit mois plus tard, comme dans un conte de fées, le miracle a eu lieu : une fille, quelle merveille !

Sauf que cette merveille a démarré sur les chapeaux de roue. La vie me donne déjà ma première épreuve : il faut déjà résister de toutes ses forces pour vivre. Je suis née avec deux tours de cordon ombilical autour du cou, d'après maman. Elle a peur de me perdre, plusieurs médecins s'affairent pour me délivrer de ce cordon qui m'étrangle. Et de ma mère qui, déjà, me retient et m'étouffe!

Maman aimait me répéter à quel point elle désirait une fille, quel bonheur cela a été quand je suis venue au monde et à quel point elle avait eu peur de me perdre dès la naissance. Elle me décrivait dans les moindres détails la scène des médecins s'activant autour de ce nouveau-né qui bleuit, les médecins qui réaniment le bébé sur le point d'expirer ; elle me la racontait avec une telle excitation que je me demande si elle ne se réjouissait pas de cette éventualité : me perdre, moi, la petite fille tant désirée.

Tant désirée, vraiment ? Récemment, on m'a avoué dans mon entourage que si un troisième enfant a agrandi notre famille, c'était pour l'avantage pécuniaire que cela offrait en termes d'allocations familiales. Cette révélation me bouleverse, je ne sais pas quoi en penser. J'ai toujours eu à l'esprit que maman avait voulu une fille à tout prix.

Mais est-ce que cette proximité entre la petite fille et sa mère est bien authentique ? Est-ce moi qui, dans l'espoir de garder l'image d'un amour sincère, ai volontairement gommé les gestes déplacés et les mots durs ? La période de mes 4-5 ans renferme certainement nos meilleurs moments. Dans mes plus vieux souvenirs, maman et moi sommes inséparables. On passe beaucoup de temps toutes les deux, je la suis toujours partout. Elle ne s'en plaint jamais, au contraire, je crois qu'elle est ravie.

« C'est pour ça que je voulais une fille, une fille est toujours proche de sa mère, hein ma p'tite Nénette ? » me dit-elle parfois.

Être proches comme maman l'était avec sa propre mère. Petite, je passais beaucoup de temps chez mes grands-parents. J'y accompagnais ma mère. Je me souviens qu'il n'y avait pas de jeux chez eux. Mes frères s'y ennuyaient et préféraient rester à la maison. Moi, ça m'était égal car le principal était ailleurs, j'étais avec maman.

Elle ne travaillait pas et était très disponible pour nous. Elle venait nous chercher à l'école maternelle, préparait notre goûter, restait avec nous les mercredis et durant les vacances scolaires. Papa déjeunait tous les midis avec nous, malgré son travail qui lui prenait énormément de temps. Comme il était passionné par la nature, nous avions un beau jardin dans lequel je passais beaucoup de temps, entre la balançoire et le bassin rempli de poissons. L'été, maman nous emmenait à la plage et jouait avec moi dans les vagues. J'ai des images très heureuses de cette période.

Pourtant, avant et après, les choses sont bien plus ambivalentes.

En essayant de me remettre dans la peau de cette petite fille, un souvenir me revient. Nous passons un moment convivial chez un ami d'enfance de mon père. Dans le brouhaha des conversations d'adultes, j'entends ma mère dire :

« Ils nous font chier ces mômes ! »

La petite fille que je suis est très triste d'entendre ça. Je le suis toujours aujourd'hui quand j'y repense.

Dernièrement, on m'a raconté une scène qui m'a beaucoup ébranlée. J'ai environ 2 ans et demi. Nous sommes chez des amis et je demande à ma mère de venir sur ses genoux. Je veux un câlin, des bisous. Ma mère refuse, embrasse sa main puis la pose sur ma joue. Mon insistance finit par l'agacer, la caresse devient un « aller-retour ». Cette gifle me fait éprouver aujourd'hui un profond désarroi. Il paraît que maman affirmait à cette époque que Paul et moi n'étions pas normaux. Un autre « aller-retour », terrible et insupportable celui-là, mais qui en dit long sur nos relations familiales à venir.

On m'a décrit mon frère aîné comme un enfant turbulent. Je le crois volontiers. Très tôt dans mon enfance, je ne me suis pas bien entendue avec lui. Il se moque de moi, il me fait des remarques parce que je suis toujours collée à ma mère et que je suis toujours en train de pleurer. Ça l'agace, il me rabaisse, et il deviendra peu à peu « complice » de ma mère. C'est comme s'il jouait le rôle du papa.

Les choses ont empiré quand maman a commencé à travailler. Nous avons pris l'habitude de rester seuls à la maison, mes deux frères et moi. Je n'arrive plus à me souvenir quelles étaient les raisons de nos disputes, seulement la peur d'être sans maman, livrée à ce « taré » qu'était l'aîné. Je passais des heures cachée dans ma chambre à pleurer après une vive dispute avec lui, ou bien je sortais dans le jardin me cacher dans un abri que papa avait construit pour la pompe du puits à eau de notre maison. Souvent il finissait par partir à vélo chez des copains, je rentrais à ce moment-là.

Paul subissait lui aussi cette tyrannie. Leurs disputes étaient très violentes. Très nerveux, mon frère jetait tout ce qui se trouvait à sa portée n'importe où dans la maison. Il mettait des coups de poing dans les murs, dans les portes, y laissait son empreinte. Cachée bien à l'écart, j'assistais à leurs scènes ou entendais leurs cris au loin.

Bien que j'aime mon plus jeune frère, nous communiquons très peu. Nous étions inconsciemment solidaires mais nous pouvions rester dans la même pièce sans nous parler, et je n'avais aucune envie de rompre le silence. Il me faisait parfois de la peine face à l'autre. Le fils de ma mère, notre aîné, que je suis incapable d'appeler « mon frère », inconscient du mal qu'il faisait, ricanait d'un ton moqueur.

J'ai très vite appris à m'occuper en attendant le retour de maman. Je m'occupais du linge, je rangeais, faisais le ménage. J'étais contente, maman n'aurait pas à le faire après son travail. Ça me permettait aussi de penser à autre chose et de contenir la rage dans laquelle me mettait l'aîné. Je voulais paraître forte devant lui et, surtout, ne pas pleurer.

Ma haine envers lui s'est accrue avec les années, au point qu'il m'est devenu impossible à un moment donné de croiser son regard. Je détourne systématiquement la tête pour ne pas voir cet affreux visage. Il me dégoûte. Il s'en aperçoit bien sûr, cela devient son nouveau jeu. Quand nous sommes à table, c'est à côté de moi qu'il mange. Je finis toujours par me lever de table en lui hurlant toutes les insultes qui me passent par la tête et m'enferme dans ma chambre. La maison n'est pas bien grande, j'entends ma mère dire à mon père :

« Non mais elle n'est vraiment pas bien ! Il a rien fait de mal. »

Elle parle un peu plus fort, sachant pertinemment que je l'entends :

« T'es pas bien ma pauvre fille ! Faut que tu te fasses soigner ! »

« Tu as mal, ma fille ? »

« Se plaint d'avoir mal au dos, fait des infections urinaires à répétition. »

J'ai 14 mois lorsque ma mère écrit cela dans mon carnet de santé. Un carnet de santé davantage rempli par elle que par les médecins, ce qui me stupéfie quand je le découvre.

Sur une autre page de mon carnet de santé, celle utilisée par le médecin qui a pratiqué la visite médicale en classe de moyenne section de maternelle, je reconnais encore son écriture : « Se plaint toujours d'avoir mal au dos (lui, il dit que c'est qu'elle grandit). »

Jusqu'à quel point ma prétendue maladie a été un projet bien réfléchi par ma mère dès le point de départ ? Savait-elle déjà jusqu'à quelle extrémité elle voulait nous mener ?

Elle aurait souhaité que je sois sous sa dépendance ma vie durant, se dévouer à l'enfant chéri et gravement malade afin d'obtenir l'admiration des médecins et de notre entourage. Être au cœur de l'attention.

Je ne me souviens plus très bien quand ça a commencé, mais je me souviens que ma mère me demandait assez souvent si ça me brûlait quand je faisais pipi, si j'avais mal au dos. Pour bien que je sache où se trouve mon rein, elle appuyait dessus, ça me chatouillait, c'était une sensation très bizarre. Elle prenait ma température régulièrement, m'emmenait souvent chez notre médecin traitant, le docteur Pelletier qui me prescrivait des analyses d'urine. Je me rappelle que pour les faire, ma mère me demandait de faire pipi dans un bol, un bol qu'on utilisait pour le petit déjeuner.

« Ce n'est pas grave, ça se lave », déclarait-elle en me le tendant.

Alors je m'exécutais, du haut de mes 3 ans, j'allais dans les toilettes puis ramenais le bol rempli de mon urine. Elle se chargeait de la mettre dans un tube avec un gros bouchon rouge, que l'on avait été chercher au laboratoire. Avant de nous donner le flacon, on nous demandait si c'était pour un ECBU (examen cyto-bactériologique des urines). « Oui », répondait ma mère en tendant l'ordonnance du médecin. On nous précisait qu'il fallait un échantillon d'urine stérile. Mais comment pouvait-elle l'être après la manipulation qu'effectuait ma mère ? Les résultats étaient forcément faussés, et personne ne s'en rendait compte.

Un jour, en avril 1987, j'ai alors 4 ans, ma mère nous annonce que notre grand-mère maternelle est décédée. Cela faisait plusieurs semaines qu'elle était à l'hôpital et que maman lui rendait visite quotidiennement. C'est elle qui géra les préparatifs des funérailles. Elle fit ramener le corps de ma grand-mère dans la maison de ses parents, exposa le cercueil sur la table de la salle à manger, convia tous ceux qui le désiraient à venir voir sa mère.

Je ne comprenais pas ce rituel des adultes. Pourquoi ne passait-on pas ce moment en famille, en petit comité ? Pourquoi crier l'événement sur tous les toits ?

Ma mère pensait que j'étais malheureuse à cause de l'absence de ma grand-mère. Elle m'emmenait régulièrement sur sa tombe. Je sentais qu'elle voulait que je sois triste, alors je l'étais pour lui faire plaisir. Mais j'aurais préféré ne pas aller au cimetière, j'aurais préféré simplement penser à elle.

Ma mère voulait cultiver l'image de la meilleure fille qu'une mère puisse avoir. Et, de la même façon, celle de la meilleure mère qu'une fille puisse avoir. Est-ce pour cela que, deux mois à peine après le décès de ma grand-mère, elle reprit régulièrement le chemin de l'hôpital, mais avec moi cette fois ?

1ᵉʳ juin 1987
À l'attention du docteur Pelletier.

Je viens de voir en consultation la petite Robin Delphine, 4 ans et demi qui présente une incontinence urinaire jour et nuit, avec des mictions conservées sans troubles sphinctériens anaux, mais, d'après la maman, associée à des pertes vaginales (sang ?).

L'examen clinique de cette enfant de développement physique et psychomoteur tout à fait normal ne montre rien de particulier (je l'ai même fait uriner dans mon cabinet et elle a une miction tout à fait normale).

L'urographie intraveineuse ainsi que la cystographie que vous avez fait faire ne montre rien de particulier. En effet, il n'existe pas de reflux vésico-rénal ni d'implantation ectopique de ses uretères.

J'ai dans un premier temps rassuré la maman et lui ai conseillé de ne pas dramatiser ce genre de problèmes qui peuvent refléter un conflit psychologique avec les membres de la famille. Je lui ai conseillé de donner du Ditropan, deux comprimés par jour.

Je reverrai la petite Delphine en consultation au bout d'un mois et demi de traitement et en cas de persistance de ses troubles, je ferai un examen complet sur table et sous anesthésie générale associant une urétrocystoscopie et un examen gynécologique.

Docteur Favre, chirurgien, CH de La Rochelle.

Notre médecin traitant s'était finalement résolu à m'envoyer consulter un de ses confrères pour s'assurer d'éventuels problèmes rénaux. Réelle inquiétude du médecin ou ténacité de maman ?

Le docteur Pelletier avait été le médecin de ma grand-mère maternelle. Autant dire que ma mère le connaissait depuis très longtemps et entretenait des rapports de sympathie avec lui. À quelques semaines du décès de ma grand-mère, peut-être avait-il voulu ménager les inquiétudes de ma mère.

Il avait dû en tout cas être rassuré par cet avis d'un spécialiste. Ma mère aussi aurait dû l'être et me laisser tranquille le temps de mon traitement. Mais seulement deux semaines plus tard, elle me ramena pour l'examen sur table évoqué par le chirurgien à la consultation précédente. Je n'ai aucun souvenir de cet examen. En revanche, je me souviens que tous ces rendez-vous, qui m'obligeaient à me lever tôt, me fatiguaient, et que les différents examens que je passais m'effrayaient.

15 juin 1987
À l'attention du docteur Pelletier, médecin traitant.

J'ai donc hospitalisé pendant vingt-quatre heures l'enfant Robin Delphine, 4 ans et demi, qui présente des énurésies diurnes avec la suspicion de métrorragies.

Nous avons donc pratiqué un examen complet sous anesthésie générale :

1) Le docteur Léopold, gynécologue, n'a rien trouvé à l'examen gynécologique.

2) Quant à moi, je n'ai rien noté à l'examen urologique en dehors de lésions inflammatoires au niveau de l'urètre et de la région cervicale à la cystoscopie (ci-joint le compte rendu opératoire).

Il s'agit donc vraisemblablement d'une immaturité vésicale, et je vous conseille de la mettre sous Ditropan, deux comprimés par jour et un traitement anti-infectieux d'une manière cyclique associant Nibiol pendant trois semaines puis Iconcyl pendant trois semaines.

Pour ma part, j'aimerais bien revoir cette enfant en septembre.

Docteur Favre, chirurgien, CH de La Rochelle.

Je ne me souviens absolument pas si, vraiment, j'avais des incontinences urinaires jour et nuit, mais je ne crois pas que c'était le cas. Je ne me rappelle pas non plus de tous ces médicaments que je prenais. J'en ai été intoxiquée pourtant !

Maman est convaincue qu'il y a quelque chose qui ne va pas chez moi. Je me laisse faire. Ma mère semble se sentir bien, sereine, lorsqu'elle se préoccupe de ma santé. Elle est pleine d'attention et d'affection envers moi dans ces moments. Elle me rassure avec des petits mots gentils, m'appelle affectueusement sa Nénette, me donne la main. Parfois, je lis de la tristesse dans son regard ; cela m'inquiète : si maman est triste, c'est que c'est grave ce que j'ai...

Finalement, au bout de deux mois, comme rien ne bouge du côté du docteur Favre et que les inquiétudes de ma mère persistent, notre médecin traitant lui conseille d'aller consulter un autre chirurgien, au CHU de Bordeaux, pour un avis supplémentaire.

« Il vaut mieux avoir plusieurs avis, plutôt qu'un », entendrai-je souvent ma mère dire, sans doute pour se justifier des multiples consultations qu'elle demande à de nombreux médecins. Je pense qu'elle attendait surtout de trouver celui qui lui confirmerait que sa fille était bel et bien malade et exigeait des opérations et des soins sans fin.

Elle me conduisit donc chez le Professeur Verneuil, chirurgien en pédiatrie. Je me rappelle que nous avions fait beaucoup de route en ambulance pour le rencontrer ; en ambulance, oui, car ma mère ne prenait pas la voiture pour m'emmener à mes consultations, mais faisait systématiquement appel à un ambulancier, toujours le même. Elle prétendait que la voiture occasionnait trop de frais. Mais cela lui permettait surtout de se faire remarquer et d'officialiser mon statut d'enfant gravement malade qui demande une attention spécifique dont elle veut, elle, recueillir les fruits. Moi, j'étais mal à l'aise de voir ce véhicule se garer devant chez nous. Qu'allaient penser les voisins ?

« Tu as mal, ma fille ? »

Avant de rencontrer le médecin, ma mère me recommande de bien lui indiquer l'endroit où je souffre et, tout en parlant, me tape fort dans le dos pour me faire sentir par la douleur où se situait mon rein.

« N'oublie pas de grimacer lorsqu'il t'auscultera, comme ça, il pourra voir que tu as mal. »

Le professeur Verneuil était un grand monsieur moustachu qui s'adressait principalement à moi, me posant directement ses questions sur mon état. J'obéis aux consignes de maman, certaine qu'elle a raison : si je n'aide pas les médecins, comment trouveront-ils ce dont je souffre ?

11 septembre 1987
À l'attention du docteur Pelletier, médecin traitant.

Je vois aujourd'hui en consultation votre malade, la petite Delphine Robin que vous nous avez adressée pour son problème complexe d'infection urinaire et de fuites urinaires.

Je pense que cette petite fille présente un problème intriqué : celui à la fois d'une infection urinaire persistante et d'une immaturité vésicale [...]. Les examens complémentaires que vous avez fait pratiquer montrent qu'il n'y a pas d'uropathie malformative majeure et que même si un reflux a été masqué à la première cystographie, il ne doit pas être très important.

Je crois qu'en fait tout est en rapport avec ses problèmes de dysfonctionnement vésico-sphinctérien qui ont l'air d'apparaître à la cystographie avec en particulier un col et un urètre en toupie.

Je pense donc qu'il est tout à fait souhaitable de continuer le traitement comme vous l'aviez instauré, c'est-à-dire traitement de l'infection urinaire et traitement de l'immaturité vésicale par le Ditropan.

Je pense qu'il faut cependant rajouter du Dantrium pour essayer d'obtenir une meilleure synchronisation vésico-sphinctérienne.

J'ai donc donné un traitement à cette jeune fille pour un mois.

Passé ce délai nous allons voir s'il y a une amélioration ou non de son état clinique.

Pour ma part, je la reverrai dans un mois en consultation.

Professeur Verneuil, chirurgien, CHU de Bordeaux.

D'avis en avis, de médecin en chirurgien, de traitement en traitement, ma mère traîne sa petite fille derrière elle, avide de convaincre les spécialistes de mes maux. Elle parvient peu à peu à ses fins.

21 septembre 1987
À l'attention du docteur Pelletier, médecin traitant.

Je viens de revoir en consultation la petite Robin Delphine qui continue donc à présenter des infections urinaires à répétition.

Comme vous le savez, j'ai demandé une cystographie rétrograde de contrôle. Cet examen a permis de trouver un reflux vésico-rénal gauche stade III actif (?).

Vu les infections à répétition malgré le traitement et l'importance du reflux, un traitement chirurgical s'impose.

La petite Delphine sera hospitalisée en chirurgie à partir du jeudi 1er octobre et je l'opérerai le vendredi 2.

Par ailleurs, j'ai fait faire une nouvelle échographie pelvienne de contrôle qui est tout à fait normale.

En attendant, j'ai demandé à la maman de la mettre sous Nibiol.

Docteur Favre, chirurgien, CH de La Rochelle.

Quand je lis ce courrier aujourd'hui, je me pose des questions : trois mois plus tôt, tous les examens cliniques étaient parfaits et, subitement, une intervention chirurgicale s'impose ! Ma mère n'aurait-elle pas été un peu insistante ? Le chirurgien se serait-il convaincu d'un réel besoin chirurgical ? Je sais qu'elle invoquait les infections urinaires à répétition à tout bout de champ, présentant les résultats des ECBU dont je doute de la fiabilité étant donné les conditions dans lesquelles je les réalisais. En effet, ma mère devait bien savoir que ne pas récolter l'urine dans les tubes stériles faussait les analyses.

Pour la deuxième fois en moins de quatre mois, je suis hospitalisée.

Dans l'ambulance qui nous emmène à Bordeaux, j'ai peur. J'ai mal au ventre, je me demande ce qu'on va me faire, ce qui va se passer. Maman, elle, semble sereine, elle discute avec l'ambulancier qu'elle connaît bien, puisque c'est également avec lui qu'elle se rendait à l'hôpital pour ma grand-mère.

Dans cet hôpital, je me sens perdue ; le personnel m'adresse peu la parole, l'établissement est vieux et laid. On me met sur un brancard pour m'emmener au bloc opératoire, on me couvre bien car il faut passer dans la cour. Il fait froid. On me laisse seule dans un box où je dois attendre. Je grelotte, je suis transie et tétanisée par la peur, je voudrais que maman soit près de moi. Dans la salle d'opération où l'on me conduit enfin, j'ai toujours aussi froid. Il y a une grosse lumière juste au-dessus de moi qui me fait tourner la tête. On me recouvre de draps chauds tellement je tremble. Malgré tout, j'ouvre grands les yeux, je veux tout voir, observer ce qu'ils font tous. Je ne veux pas me détendre, je ne veux pas qu'on m'endorme. Je ne verrai plus rien. Et si je ne me réveille pas ? Si j'étais allergique à l'anesthésiant, que mon cœur ne le supporte pas ? Je ne reverrai pas maman, ni papa, ni mes frères, comme dans les films. Seront-ils tristes ? Je ne veux pas mourir, je veux guérir, je veux retourner à l'école, je pense à mes copines de maternelle qui n'ont pas de soucis de santé, elles, elles s'amusent, elles apprennent, elles jouent. Moi, je suis là, dans le froid, au milieu des blouses et des lumières nues, sur cette table.

Le personnel prépare la perfusion, on me pique, on me met un masque sur le nez, on me demande de compter. Je ne peux pas lutter, rien ni personne ne fera que l'opération soit annulée. Je m'endors, je sens des larmes discrètes couler sur mes joues. Ils vont voir que je ne me sens pas bien, ils vont repousser l'intervention...

Lorsque je me réveille, quel soulagement ! Je suis toujours en vie, tout s'est bien passé, et peut-être que je suis guérie pour de bon maintenant ! Je reste quelques jours à Bordeaux, je suis seule. Maman téléphone tous les jours, je suis heureuse de pouvoir lui parler et de l'entendre, j'ai hâte qu'elle vienne me chercher, elle me manque.

Quand je rentre enfin, elle est aux petits soins pour moi. Papa, lui, me témoigne la même affection qu'à mes frères, pas plus. Je commence à me poser des questions sur le comportement de ma mère. Peut-être qu'elle est trop protectrice ? En même temps, cela signifie qu'elle tient à moi, non ? Mes frères sont-ils jaloux de l'attention de ma mère à mon égard ?

Je reverrai le docteur Favre pour des examens de contrôle un mois et demi après l'opération.

22 mars 1988
À l'attention du docteur Pelletier, médecin traitant.

Je vous adresse avec retard le résultat du contrôle radiologique de la petite Delphine Robin car je viens seulement de le recevoir, veuillez m'en excuser.

L'urétrocystographie montre une réplétion satisfaisante de la vessie, sans reflux vésico-urétéral actif ou passif.

L'urographie intraveineuse est fonctionnellement et morphologiquement normale.

Docteur Favre, chirurgien, CH de La Rochelle.

Une mère ambivalente

Nous sommes en septembre 1988. Je fais ma rentrée en grande section de maternelle.

Je pense alors que je suis comme les autres enfants : je vais à l'école tous les jours, je joue chez des copines le samedi... Les seuls examens que maman me demande de réaliser sont les ECBU, qui se font à la maison, et des prises de sang pour lesquelles nous nous rendons au laboratoire avant d'aller à l'école ou qu'une infirmière vient faire à la maison. Rien de trop contraignant pour la petite fille que je suis, et c'est même un peu de répit après les nombreuses allées et venues chez les chirurgiens et les lourds examens subis.

Ce qui devient pénible, et de plus en plus bizarre pour moi, c'est que maman continue de me poser régulièrement les mêmes questions :

« Ça te brûle quand tu fais pipi ? T'as mal au dos ? »

Tout en me posant la question, elle appuie à l'endroit où elle pense que le rein se trouve. Peut-être qu'elle ne se trompe pas, que le rein se situe là où elle enfonce ses doigts, parce qu'en effet je ressens une petite gêne sous la pression de sa main. Je n'arrive pas à savoir si j'ai réellement mal.

Elle me prend la température souvent, juge utile de téléphoner au docteur Pelletier, voudrait qu'il vienne dans l'instant. Face à son indisponibilité immédiate qui l'agace et qu'elle met sur le compte d'une mauvaise organisation du médecin, elle invoque un cas d'urgence, m'invente une fièvre que je n'ai pas.

« Pourquoi mens-tu ? » lui demandé-je quand elle raccroche.

« Pour le faire venir plus vite. Sinon, il ne sera là que demain ou après-demain. »

Dans ma tête d'enfant, j'ai conscience que quelque chose cloche : la température n'est pas trop élevée, donc je vais bien, non ? Alors pourquoi raconte-t-elle au médecin qu'il faut qu'il vienne rapidement ? Suis-je malade ou non ? Je n'arrive pas à savoir comment je me sens, si j'ai ou non quelque chose. Alors je me laisse aller au dévouement et aux attentions de ma mère. Je reste couchée dans le canapé sous une couette, je n'ai pas le droit d'aller jouer dans ma chambre, je dois rester sans bouger jusqu'à ce que le docteur arrive, même si je n'éprouve aucune douleur, même si j'ai envie de me lever. Maman me chouchoute, met la télévision pour moi. Je n'aime pas rater l'école pour attendre le médecin, mais j'aime ce temps que je passe seule avec ma mère.

Quand le docteur entre, je reconnais l'odeur de sa cigarette mélangée à son parfum, elle me lève chaque fois le cœur. Malgré l'inquiétude qu'elle manifeste, ma mère n'éprouve aucune confusion pour lui donner toutes les informations importantes sur mon état : douleur, température, vomissements... Lui, il m'ausculte, ne me pose presque pas de questions. De toute façon, j'ai compris que quoi qu'il dise, ça ne conviendra jamais à maman ; après son départ, elle va me reposer les mêmes questions.

Elle semble de plus en plus préoccupée par mon état de santé, cela m'inquiète qu'elle se fasse tant de souci alors que je me sens bien. Mais je comprends, elle m'aime tellement qu'elle veut s'assurer que je me porte bien. Papa, lui, ne semble pas anxieux. Il déjeune avec nous et repart travailler comme d'habitude lorsque je suis cloîtrée à la maison. Maman et moi nous installons sur le canapé, elle prend un médicament pour calmer ses angoisses qui sont de plus en plus présentes. Nous nous blottissons l'une contre l'autre, nous regardons les feuilletons de l'après-midi dans lesquels il y a souvent des enfants qui meurent. Maman ne semble pas touchée par ces histoires tragiques. Moi, elles m'attristent terriblement. Je ne veux pas que mes soucis de santé soient graves ni mourir.

Plus les jours et les semaines passent, plus j'en ai marre. Pourtant, j'aime l'attention qu'elle me porte, qu'elle s'inquiète pour moi. Cela signifie qu'elle m'aime, non ? Mais je voudrais son amour sans tous ces examens, sans ces médecins autour de nous. Quand je suis couchée comme une malade, je voudrais qu'elle me prenne juste dans ses bras, sans me poser toutes ses questions et sans me palper.

Je doute parfois de son affection. Peut-être qu'elle aime juste que je sois malade, pas la petite fille ? Pourquoi je me sens souvent seule et malheureuse ?

Lorsque quelqu'un ou quelque chose la met en colère, ma mère semble nous oublier, mes frères, mon père et moi. Je me sens alors abandonnée. Elle est dans un état d'excitation qui la rend détestable, elle ne s'occupe plus de la maison. Malgré la colère que j'éprouve envers elle dans ces moments, je veux l'aider, dans l'espoir peut-être d'attirer sa bienveillance. Je fais les lits, la poussière, passe l'aspirateur, débarrasse la table. Je me sens profondément malheureuse, je me prends à haïr cette vie, je me cache derrière la maison, là où mes frères ne peuvent pas me trouver, et je pleure. Je voudrais grandir vite, quitter ce foyer.

Je fais comme si tout allait bien pourtant, je suis gentille avec elle, j'ai besoin de son amour, qu'elle me témoigne un geste d'affection, qu'elle fasse attention à moi, comme lorsqu'elle croit que je suis malade.

« Ça va maman ?

— Ne t'occupe pas, c'est des affaires de grands, qu'est-ce que cela peut te foutre ? »

Je suis furieuse, je voudrais l'insulter moi aussi, je la trouve laide quand elle est dans cet état. L'expression de son visage est dure, je ne la reconnais plus.

Mon père échappe à cette ambiance difficile en travaillant beaucoup, en passant du temps à la caserne des pompiers où il est bénévole et en sortant avec ses collègues. L'aîné, tyran en herbe, en profite pour exercer son autorité et nous pousser à bout, Paul et moi. Il sait que notre mère ne prêtera pas attention à ses agissements, voire qu'elle le soutiendra. Lorsque je m'enfuis pour aller pleurer dans ma chambre, j'espère toujours qu'elle va réagir, prendre ma défense. Mais elle me lance, comme une claque qui me brûle :

« Pleure, tu pisseras moins. »

Est-ce que ça se passe comme ça dans les autres familles ? Est-ce que, le soir, avant de s'endormir, les autres enfants, eux, avaient droit à un câlin, une histoire ? Une fois que nous étions couchés, la menace du martinet pesait sur nos têtes si on parlait, si on s'amusait, ou si nous nous relevions.

Je souffre de ses comportements, la peur de l'abandon m'habite, peut-être est-ce aussi pour ça que j'entre dans son jeu de l'enfant malade, c'est le seul argument que j'ai pour la maintenir près de moi, pour susciter son intérêt. Elle ne laisse aucun répit à la fillette que je suis malgré le compte rendu des derniers examens du docteur Favre qui aurait dû lui faire cesser toutes investigations supplémentaires et se réjouir de ma « bonne santé ». Et pire encore...

22 février 1989
À l'attention du docteur Pelletier, médecin traitant.

Je revois aujourd'hui en consultation Delphine Robin que je n'avais pas revue depuis septembre 1987. Il semble que le traitement de l'immaturité vésicale a été efficace puisque maintenant elle n'a plus de fuites urinaires, ni diurnes ni nocturnes, et la cystographie pratiquée ne montre pas de signes d'immaturité vésicale avec une vessie de bonne capacité.

Pour ce qui est de son reflux qui a été opéré, il ne semble pas qu'il y ait de récidive qui puisse expliquer le problème d'infection urinaire de cette enfant.

Je pense donc qu'il y a une seule anomalie que l'on peut noter, une petite jonction pyélo-urétérale grade I des deux côtés qui, à mon avis, n'est pas impliquée dans ces infections urinaires. Cependant, si cette enfant continuait à faire des infections importantes, il serait peut-être souhaitable de lui faire une scintigraphie rénale avec épreuve d'excrétion au Lasilix pour savoir si la pente de vidange de ce rein est normale ou pas.

Par ailleurs, je ne vois pas d'étiologie évidente aux infections urinaires que présente cette enfant et je crois que si elle refait des épisodes d'hyperthermie avec douleurs postérieures, il serait souhaitable de la mettre sous antibiotiques par voie parentérale pour bien nettoyer ses reins.

Par ailleurs, la maman me signale qu'elle à découvert une petite tuméfaction médiane à la partie postérieure du menton au niveau de la base de la langue qui correspond probablement à un kyste du canal thyréoglosse. Comme je lui ai expliqué, ces kystes n'ont aucune tendance spontanée à la régression et finissent toujours par s'infecter tôt ou tard. Je crois donc qu'il est préférable d'en prévoir l'ablation chirurgicale avant une éventuelle infection. En effet, la surinfection nous pose de gros problèmes techniques car il faut disséquer ce kyste jusqu'à la base de la langue en enlevant l'arc antérieur de l'os hyoïde si on veut éviter les récidives.

Professeur Verneuil, chirurgien, CHU de Bordeaux.

« Maman est contente, une opération s'annonce ! »

C'est vraiment ce que je ressens à l'époque : « Maman est contente ! » Je la regarde, ses yeux brillent, elle semble vraiment satisfaite de la nouvelle, elle est pleine d'effervescence, d'impatience.

Avant de partir pour l'hôpital, elle prépare soigneusement mes bagages, comme si je partais en voyage pour dix ou quinze jours.

Une mère ambivalente

Elle glisse dans la trousse de toilette un flacon d'eau de Cologne. Je déteste ça, pour moi, c'est un truc de vieux. Mais je ne le lui dis pas, ça a l'air de lui faire tellement plaisir. Je déteste aussi le panier qu'elle remplit de nourriture et de boissons, comme si on partait en pique-nique avec 15 personnes. Cela me semble complètement disproportionné.

Avant de passer en chirurgie, on me fait encore passer toute une série d'examens. Je m'en souviens d'un en particulier, que je n'aimais pas du tout et qui me mettait terriblement mal à l'aise. Il s'agit d'une cystographie rétrograde, je crois.

Je suis allongée, nue, on fait passer un tuyau par mon urètre, je dois boire une assez grande quantité d'eau et, pendant que le médecin réalise les clichés, on pose une espèce de ballon sur mon ventre que l'on serre très fort en me demandant de faire pipi. L'urine sort par le tuyau, je suis privée de toute mon intimité, je me sens humiliée. À l'intérieur de moi, je crie pour qu'ils me laissent tranquille, mais personne ne voit ma colère, je retiens tout, je reste l'enfant obéissant qui subit sagement tout ce qu'on lui inflige, sans savoir si c'est justifié ou non. Le personnel de l'hôpital me complimente sur ma patience, mon courage. Il m'agace, tout le monde me parle comme si j'étais un bébé, mais encore une fois je refoule, je ne réponds que par un sourire timide, de politesse. Toutes ces contraintes me sont imposées et je me laisse faire sans rien dire, parce que ma mère m'aime, qu'elle veut tout ce qu'il y a de mieux pour moi et, par-dessus tout, trouver ce qui cloche chez moi !

Tout ça pour confirmer qu'il n'y a rien d'anormal.

Le chirurgien me met seulement sous antibiotiques « pour bien nettoyer les reins ».

Quant à la tuméfaction sous maxillaire, découverte par maman, une analyse anatomo-pathologique effectuée après l'opération révèle un ganglion lymphatique histologiquement normal.

Aujourd'hui, j'ai le sentiment que le médecin traitant aurait pu faire en sorte de raisonner maman afin qu'elle cesse d'aller d'hôpital en hôpital, de chirurgien en chirurgien, de m'infliger tous ces examens et opérations quasi inutiles. Les courriers de tous les médecins sont pourtant clairs : cette petite fille va bien, elle ne dit rien, c'est la mère qui parle, c'est elle qui est déterminée.

La petite fille se rend compte au fond d'elle que ce chirurgien à Bordeaux, le Professeur Verneuil, commence à douter des symptômes annoncés par maman. Mais pense-t-il que c'est l'enfant ou la mère qui ment ? Et pourquoi ne fait-il rien pour arrêter ce délire ?

« C'EST POUR TON BIEN »

2 mai 1989
À l'attention du docteur Pelletier, médecin traitant.

Vous trouverez ci-joint le compte rendu opératoire de votre malade Delphine Robin à laquelle j'ai fait son endoscopie ce matin.
Je pense que ses douleurs et hématuries sont dues à des poussées de cystite hématurique et je la mets donc sous traitement pour un mois.
Prochaine consultation dans un mois.

Professeur Verneuil, chirurgien, CHU de Bordeaux.

17 mai 1989
À l'attention du docteur Pelletier, médecin traitant.

Je vous remercie de faire une scintigraphie au DTPA avec épreuve au Lasilix à la petite Delphine.
Cette jeune fille a eu une réimplantation urétéro-vésicale il y a deux ans.
Il est possible qu'elle ait actuellement une sténose du bas uretère gauche.

*Cette sténose ne serait que partielle et entraînerait des phéno-
mènes douloureux à l'hyperdiurèse.*

*J'aimerais donc savoir avec la pente d'élimination au Lasilix s'il
existe ou non un obstacle sur ses voies urinaires.*

Professeur Verneuil, chirurgien, CHU de Bordeaux.

Voilà le chirurgien de Bordeaux qui va pratiquer une opération
sur mon rein gauche, la même que celle déjà réalisée par le
chirurgien de La Rochelle, le docteur Favre, deux ans auparavant.

De nouveau les préparatifs pour l'hôpital, la satisfaction de ma
mère, la compassion des infirmiers, qui m'agace, la détresse qui
m'étouffe.

13 juin 1989
À l'attention du docteur Pelletier, médecin traitant.

*Vous trouverez ci-joint le compte rendu opératoire de votre
malade Delphine Robin.*

*Je l'ai opérée ce matin de son dysfonctionnement de réimplan-
tation vésico-urétéral de type Cohen.*

*Il semblerait que son uretère gauche ait souffert lors de la première
intervention, ce qui pourrait expliquer les troubles fonctionnels
présentés par cette enfant.*

Je compte la garder, en principe, sept jours.

*Elle partira avec un traitement antibiotique triple alterné et je
vous confie le soin de contrôler ensuite la stérilité de ses urines par
ECBU mensuel.*

*Je la reverrai en consultation dans un mois pour une urographie
et dans trois mois pour une cystographie.*

Professeur Verneuil, chirurgien, CHU de Bordeaux.

6 septembre 1989
À l'attention du docteur Pelletier, médecin traitant.

Je revois aujourd'hui Delphine Robin qui a continué à présenter des douleurs du flanc gauche, permanentes sans amélioration.

Je pense donc que malgré l'aspect urographique on peut évoquer la responsabilité de son syndrome de la jonction pyélo-urétérale gauche et, en accord avec sa maman, j'opérerai Delphine le jeudi 14 septembre.

Professeur Verneuil, chirurgien, CHU de Bordeaux.

14 septembre 1989
À l'attention du docteur Pelletier, médecin traitant.

Vous trouverez ci-joint le compte rendu opératoire de votre malade, Delphine Robin.

Je l'ai opérée ce matin de sa sténose de la jonction pyélo-urétérale gauche.

Je compte la garder sept jours. Elle partira avec un traitement antibiotique triple alterné pour un mois. Je la reverrai dans un mois en consultation pour UIV.

Professeur Verneuil, chirurgien, CHU de Bordeaux.

Ces hospitalisations sont difficiles. Ma mère ne peut pas rester avec moi durant tous mes séjours, elle doit s'occuper des autres à la maison. Je me sens délaissée.

« C'est pour ton bien tout ça », me dit-elle chaque fois.

Je ne me souviens pas d'une visite de mon père. Il laissait ma mère gérer complètement la situation, il lui faisait entièrement confiance, ne doutant pas que sa fille était bel et bien malade.

Je me souviens en revanche d'un oncle et d'une tante, du côté de mon grand-père maternel, qui venaient parfois les après-midi. Cela me mettait du baume au cœur, je me disais qu'ils devaient beaucoup m'aimer pour venir ainsi me rendre visite.

Après cette opération, maman continue d'évoquer des douleurs au rein gauche. Moi, je commence à n'en plus pouvoir. Il m'arrive parfois de me plaindre à maman.

« J'en ai marre d'aller à l'hôpital, marre des examens, marre des opérations.

— Et tu n'en as pas marre d'avoir mal au rein ? Si tu veux que tout cela s'arrête, il faut que tu dises au chirurgien que tu as vraiment très mal, quitte à exagérer un peu, au moins il comprendra. Et fais la grimace pour qu'il voie que ce n'est pas du cinéma. Tout ça, c'est pour ton bien. »

Je voudrais juste continuer d'aller à l'école régulièrement. Je suis entrée en CP, à l'école de ma commune, avec M. Pic, un instituteur génial que j'adore, gentil, attentionné et patient. Je ne travaille pas très bien, pourtant j'aime ce que l'on apprend et la compagnie de mes camarades de classe. J'ai retrouvé tous ceux avec lesquels j'étais en maternelle, je me suis fait de bons amis parmi eux. Malgré mon manque de confiance en moi et même si je n'ose pas m'imposer dans le groupe, j'ai l'impression qu'on m'accepte bien. J'oublie mes soucis de santé et l'ambiance tumultueuse à la maison avec l'aîné de la famille quand je suis là-bas. Mais je manque trop l'école, cela me rend triste.

Ma relation avec ma mère s'intensifie encore durant cette période ; j'ai parfois l'impression qu'elle délaisse un peu mes frères pour moi. Mais peut-être est-ce simplement qu'ils grandissent et ont moins besoin d'elle ?

Entre les différents examens de contrôle, maman continue d'appuyer sur mon rein, créant une douleur que je n'éprouverais pas si elle me laissait tranquille, mais qui lui permet de donner raison à toutes les investigations médicales qu'elle réclame et que j'accepte par amour pour elle.

« Est-ce que tu as mal ? »

Parfois, je hausse les épaules pour ne pas répondre à cette sempiternelle question que je ne supporte pas. Je sais qu'elle veut que je dise « oui », que mon « non » risque de la décevoir et qu'elle ne m'accorderait peut-être plus autant d'attention.

Pendant la consultation de contrôle, un mois après ma dernière opération, le Professeur Verneuil s'est mis à ma hauteur et m'a expliqué que ces douleurs pouvaient être psychiques. Je ne sais pas très bien ce que veut dire ce mot, mais je comprends qu'il pense que je lui mens. Cela m'ennuie et me met mal à l'aise, je n'ai pas envie qu'il croie que je joue la comédie. Je voudrais lui expliquer que ce n'est pas moi qui mens, que c'est maman qui exagère un peu sur les douleurs, sur le sang que moi je n'ai jamais vu, sur la température... Mais elle serait furieuse.

Ma mère commence à moins apprécier le Professeur Verneuil, elle en parle avec notre ambulancier pendant la route du retour, celle que je préfère, celle qui nous ramène à la maison.

Le Professeur Verneuil écrit un courrier au sujet de cette consultation de contrôle à notre autre médecin traitant, le docteur Hacquin, qui est arrivé dans notre commune en 1989 et qui est le médecin des pompiers. Quand le docteur Pelletier n'arrivait pas assez vite au goût de ma mère, c'est à lui qu'elle faisait appel, l'ayant rencontré par l'entremise de mon père. Mais je sais qu'il l'agace un peu, avec son attitude de baba cool, son humour un peu cynique. Elle considère qu'il prend ma santé à la légère, qu'il est gentil, mais peu compétent.

Je revois Delphine Robin aujourd'hui, le 14 septembre 1989. Cette enfant présente toujours ses problèmes douloureux.

J'ai donc présenté son dossier au Professeur Lelièvre, qui est notre néphrologue, pour voir s'il ne peut pas y avoir une maladie sous-jacente à côté de laquelle je serais passé jusqu'à maintenant. M. Lelièvre reste très dubitatif sur un problème de néphropathie

« C'est pour ton bien »

sous-jacent dans la mesure où il n'y a pas de protéinurie et aucun signe de néphrose jusqu'à maintenant. Deuxièmement, s'il s'agissait de douleurs de glomérulo-néphrite aiguë, elles ne persistent que pendant deux ou trois semaines et ensuite disparaissent totalement ; et de toute façon, les signes biologiques nous auraient affirmé ce diagnostic.

Il y a donc une autre possibilité, c'est que cette enfant fasse des petites hémorragies au niveau de son rein et que ces douleurs soient dues à des coliques néphrétiques de migration des petits caillots qui peuvent résulter soit d'une maladie de Berger, qui est un déficit en IGA, soit peut-être d'une tache vasculaire sur une des cavités rénales que nous n'avons pas pu mettre en évidence jusqu'à maintenant ni par les UIV, ni par l'intervention que j'avais pratiquée.

Je pense donc qu'il serait souhaitable que vous lui fassiez pratiquer deux examens complémentaires : d'une part, un dosage sanguin d'IGA, qui, s'il était normal nous permettrait d'éliminer le diagnostic de la maladie de Berger et d'autre part, une observation des hématies contenues dans les urines en microscope de phase pour voir s'il y a des hématies crénelées ou non. En effet, on sait que les hématuries d'origine rénale donnent des hématies crénelées et que les hématuries d'origine basse donnent des hématuries parfaitement rondes [...].

Je vais cependant mettre Delphine sous anti-inflammatoires en plus du traitement que vous avez instauré de façon à essayer de calmer ses douleurs, dont une partie est peut-être d'origine inflammatoire. Dès que vous aurez pu faire pratiquer ces examens, je vous serais reconnaissant de m'en tenir informé, nous pourrions alors décider de la meilleure conduite à tenir à l'égard de cette enfant dans les semaines qui viennent. D'ici là, bien entendu, il faut continuer le traitement que vous avez prescrit si vous le jugez utile.

Professeur Verneuil, chirurgien, CHU de Bordeaux.

Me voilà donc encore en train de passer des examens, un scanner cette fois. Celui-ci me dérange un peu moins que les autres. Je n'ai pas besoin de me montrer nue, juste en culotte, et même si la perfusion est pénible, j'y ai été habituée. Je m'efforce de la respecter à la lettre, sinon il faut recommencer et je n'y tiens vraiment pas. Je ne dois pas bouger, même pas respirer pendant quelques secondes. Un produit circule dans le tuyau, qui me chauffe d'abord la gorge et ensuite tout le corps. Cela ne dure que quelques secondes, mais la sensation est très étrange et assez désagréable. Et puis, bien sûr, maman ne reste pas près de moi : c'est un examen dangereux, il ne faut pas y être exposé trop longtemps. Pourtant, moi, j'en fais souvent de ces examens-là.

Les résultats radiologiques en main, nous retournons voir le Professeur Verneuil.

31 octobre 1989
À l'attention du docteur Hacquin, médecin traitant.

J'ai donc vu le scanner et la petite Delphine Robin. Je pense qu'il peut y avoir un petit angiome rénal qui peut provoquer ces hémor- ragies avec coliques néphrétiques.

Je la mets donc sous traitement antihémorragique et anti- spasmodique pour une quinzaine de jours. Si ce traitement n'était pas efficace, je prendrais rendez-vous pour une angiographie numérisée et pour envisager peut-être une éventuelle chirurgie d'exérèse.

Bon courage !

Professeur Verneuil.

Sans doute parce que maman n'appréciait pas que le Professeur Verneuil commence à se poser des questions quant au bien-fondé de nos plaintes au sujet de mon rein, nous allons consulter un troisième chirurgien.

Faux antécédents et coups de poing

Je ne me souviens absolument pas du professeur Rodier. C'est en parcourant mes dossiers médicaux avec minutie que j'ai découvert son nom et l'établissement auquel il était rattaché : l'hôpital Necker-Enfants malades. J'ai donc même consulté à Paris ! Cela devait être lors d'un séjour chez un oncle maternel pour les fêtes de fin d'année.

J'ai téléphoné au secrétariat de Necker pour vérifier que j'avais un dossier chez eux. Environ deux mois plus tard, j'en reçois la copie.

Puisque je ne me souviens pas du tout de cet hôpital, je pense y être allée seulement en consultation. Mais à ma grande surprise, j'y ai été hospitalisée et y ai subi toute une « batterie » d'examens, les mêmes que d'habitude, ainsi qu'une petite intervention.

Je pleure, je pense à la petite fille que j'étais jadis, elle a donc subi encore ça de plus. Ce qui m'abasourdit, c'est de ne pas me souvenir. J'avais 6 ans et demi pourtant, et je me souviens de mes autres examens et opérations de cette époque. J'essaie de me concentrer pour me rappeler ne serait-ce qu'une image de ce nouveau vagabondage hospitalier. Mais rien, rien du tout, je ne revois que cette petite fille à l'hôpital de Bordeaux, le bloc, sa solitude dans sa chambre...

Je réalise aussi que je ne pleurais pas. Si quelques larmes s'échappaient, elles coulaient le long de mes joues discrètement. Aujourd'hui, l'adulte que je suis pleure comme une enfant, je n'arrive pas à m'en empêcher, je n'ai pas envie de m'en empêcher. J'accepte et je comprends que la petite fille soit triste. Je me souviens à l'époque, on me félicitait :

« Quelle petite fille courageuse ! C'est bien, Delphine. »

Je répondais par un sourire de sympathie.

28 décembre 1989
À l'attention du docteur Pelletier, médecin traitant.

Delphine a deux frères de 10 et 8 ans sans problème particulier. La maman est suivie pour une anomalie de la jonction pyélo-uré- térale droite, mais n'a pas été opérée.

Delphine a présenté assez rapidement dans la vie des infections urinaires, associées à un tableau évoquant une immaturité vésicale. Ce tableau a conduit à une intervention chirurgicale en octobre 1987 pour traiter un reflux vésico-rénal bilatéral. Elle a été opérée par le docteur Favre à La Rochelle qui a réalisé le 2 octobre 1987 une inter- vention de Cohen bilatéral. Les suites opératoires ont été simples jusqu'en avril 1989 : elle présente alors des douleurs de la fosse lombaire gauche, qui vont motiver une consultation à Bordeaux auprès du docteur Verneuil qui fait réaliser une UIV, cystographie et scintigraphie, l'amenant à conclure à un dysfonctionnement du Cohen gauche et à réintervenir le 13 juin 1989.

Après cette intervention, à cause de la persistance des douleurs et en raison de l'aspect un petit peu joufflu du pyélon gauche, une résection de la jonction pyélo-urétérale gauche est réalisée le 17 septembre 1989. Depuis cette intervention, l'enfant présente des douleurs persistantes : il s'agit de douleurs qui peuvent survenir à n'importe quel moment dans la journée, généralement complè- tement isolées, sans nausées, sans vomissements, entraînant une petite diminution de l'appétit. Pas de trouble mictionnel particulier. Pas de trouble digestif. Pas de diarrhée, l'enfant va à la selle tous les jours. Je précise que l'enfant ne tousse pas.

Devant la persistance de ces douleurs extrêmement précises pour l'enfant, dans l'angle costo-vertébral gauche, un scanner a été réalisé le 26 octobre 1989 et une angiographie le 20 novembre 1989 : ces deux examens paraissent strictement normaux. Le seul point particulier est que les ECBU des 15, 18 et 19 décembre 1989 ont montré la persistance d'hématies. Je pense que l'on peut très bien évoquer les interventions urologiques récentes pour expliquer cette hématurie microscopique.

J'ai examiné très soigneusement Delphine : l'examen peut être considéré comme strictement normal. L'examen a comporté : un examen abdominal, un examen cardiologique, pulmonaire, neurologique, un examen des aires ganglionnaires.

TA 13/8 – tension un petit peu élevée peut-être à mettre sur le compte de l'émotion.

Au total :

Je ne peux donner d'explication précise aux douleurs que présente Delphine.

Je crois qu'on peut, par contre, affirmer qu'il n'y a rien de grave compte tenu de l'examen clinique et des examens radiologiques (scanner et angio) que me présente cette famille.

Pour ma part, je cesserai toute inquiétude, toute thérapeutique à visée antalgique ; en effet, la mère donne assez régulièrement des comprimés de Spasfon et de Baralgine. Il faut se méfier d'un éventuel retentissement hématologique de ces médications.

Pour ma part, je ferai pratiquer dans deux mois seulement une numération avec un examen cyto-bactériologique des urines.

Professeur Rodier, hôpital Necker-Enfants malades.

Il n'y a donc rien... Mais alors pourquoi tout continue ?

Ma mère me tape de plus en plus fort sur le rein gauche quand elle m'examine à la maison, avant chaque nouvelle consultation. Nous sommes chaque fois seules dans le salon avec l'aîné. Je le hais, c'est une pourriture, mais je ne le dis pas à maman, ils sont très complices tous les deux et s'entendent très bien pour me dire des méchancetés. Ils choisissent bien évidemment des moments où Paul et mon père sont sortis. Je sais que ce qui se passe n'est pas normal et que ma mère et son fils n'aimeraient pas que j'en parle, et encore moins aux médecins. Et j'accepte ce jeu du silence, terrorisée par l'aîné et voulant protéger ma mère du regard soupçonneux des médecins. Je ne veux pas qu'ils pensent que c'est une mauvaise mère ni qu'elle me délaisse.

Elle est assise sur le canapé, les jambes écartées, je suis debout devant elle, de dos, elle me met des coups de poing dans le flanc gauche, je retiens mes larmes, je veux être forte face à eux.

« Mais pourquoi tu me fais ça ?

— C'est pour être sûre de savoir où ça te fait mal, une fois que l'on sera à la consultation. Comme ça le docteur pourra s'apercevoir que tu as vraiment mal, il pourra te croire et enfin faire ce qu'il faut pour ton rein. Et retiens-toi de faire pipi, pour que le médecin puisse s'apercevoir qu'il y a quelque chose qui cloche. »

Elle ne témoigne aucune compassion pour la tristesse que je dois pourtant laisser paraître. Son fils aîné ricane comme un débile. Une fois, il a voulu à son tour frapper mon rein, mais je ne me suis pas laissé faire, je sens qu'il est dangereux. J'ai couru autour de la table de la salle à manger pour lui échapper, je me suis mise à quatre pattes pour me réfugier dessous, j'ai crié. Ma mère ne m'a pas aidée, elle n'a pas réagi.

À l'hôpital de La Rochelle où nous retournons, nous rencontrons le docteur Brunet, néphrologue, qui nous renvoie vers le docteur Lemoine, chirurgien urologue.

2 février 1990
À l'attention du docteur Lemoine, urologue.

Tu vas voir prochainement en consultation la jeune Delphine Robin, âgée de 7 ans, qui pose un problème urologique complexe.

Dans ses antécédents personnels, on trouve une appendicectomie qui avait été pratiquée le 10 octobre 1986. En octobre 1987, elle a été opérée à La Rochelle par le docteur Favre, pour un reflux bilatéral. Dans les deux années suivantes sont réapparues des douleurs lombaires à gauche et le dispositif antireflux a été repris du côté gauche en juin 1989 par le docteur Verneuil, dans le service du Professeur Bonneau à Bordeaux. Malheureusement, la symptomatologie douloureuse a persisté et ceci en l'absence de toute infection urinaire et, en septembre 1989, cette enfant a été opérée d'un syndrome de la jonction, toujours du côté gauche. Toutes ces interventions étaient encadrées de scintigraphies qui montraient avant et après intervention un retard d'évacuation du côté gauche. Delphine a eu également un scanner qui n'a pas apporté d'élément supplémentaire au diagnostic.

Actuellement, cette enfant se plaint toujours de douleurs lombaires côté gauche qui sont indépendantes de toute miction mais qui l'obligent à aller uriner. Il n'existe ni fièvre ni infection urinaire et, apparemment, la fonction rénale reste normale.

Je pense qu'il faut reprendre le problème entièrement car l'on ne peut pas éliminer un reflux passif toujours à gauche ou éventuellement une récidive sténotique au niveau de la jonction à gauche.

À noter que la mère de cette enfant serait porteuse d'un syndrome de la jonction à droite, que la tante maternelle présenterait également un syndrome de la jonction et que la grand-mère de cette enfant serait morte d'une crise d'urémie en décembre 1987 à la clinique Richelieu à Saintes.

À l'examen, je n'ai rien trouvé de très particulier en dehors d'une douleur provoquée à la palpation de l'hypocondre gauche et de

Faux antécédents et coups de poing

la fosse lombaire gauche. Son poids est de 19 kg pour une taille de 117 cm, ce qui est dans les limites normales.

La mère est bien sûr prévenue d'une possible réintervention.

Docteur Brunet, néphrologue, CH de La Rochelle.

Bien sûr que ma mère est prévenue d'une possible réintervention, puisque c'est ce qu'elle souhaite plus que tout et qu'elle fait preuve d'une détermination impitoyable pour y parvenir.

Y compris mentir sur les antécédents familiaux et les dates des événements.

Ma grand-mère n'est pas morte d'une crise d'urémie mais d'un cancer des intestins à l'hôpital de Saintes en avril 1987. Par ailleurs, je ne suis pas sûre que ma tante soit porteuse d'un syndrome de la jonction, puisque ma mère m'avait expliqué une fois qu'elle avait quatre reins, deux de chaque côté, les reins en trop étant non fonctionnels et accrochés aux deux autres. Comment savoir quelle est la vérité ? De même pour ma mère, je ne me rappelle pas l'avoir entendue dire qu'elle était également porteuse d'un syndrome de la jonction.

Mais ses affirmations lui permettent d'appuyer son diagnostic face à des médecins qui ne peuvent vérifier ce qu'elle avance et qui ne voient rien à l'examen clinique me concernant.

6 février 1990

À l'attention du docteur Pelletier, médecin traitant, copie au docteur Brunet, néphrologue, CHU de La Rochelle.

J'ai été amené à voir en consultation ce jour, à la demande du docteur Brunet, votre patiente l'enfant Robin Delphine, 7 ans et demi, pour ses problèmes de douleurs lombaires et du flanc gauche.

Cette enfant qui a un lourd passé chirurgical et d'investigation radiologique se plaint d'après sa maman de douleurs latéralisées à gauche, liées à un état de réplétion vésicale obligeant à des mictions rapprochées et se compliquant, à l'occasion de deux épisodes récents, d'incontinence.

Par contre, il n'a pas été constaté de complication infectieuse depuis la dernière intervention qui remonte à septembre 1989.

Au vu du bilan radiographique en ma possession, je pense qu'en ce qui concerne la réparation de sa jonction pyélo-urétérale gauche le résultat est parfait dans la mesure où il n'y a pas de dilatation des cavités calicielles, que les passages urétéraux sont excellents et qu'il existe simplement un aspect un peu joufflu du bassinet, ce qui est tout à fait normal en postopératoire.

La scintigraphie rénale postopératoire est également normale dans la mesure où il existe une bonne vidange du bassinet [...]. La courbe est d'ailleurs tout à fait superposable à celle du rein droit.

En ce qui concerne son reflux vésico-rénal : à droite, le problème a été réglé depuis la première intervention par le docteur Favre en 1987. À gauche, il y a eu rétrécissement de la portion terminale de l'uretère probablement d'origine ischémique qui a justifié une réimplantation à Bordeaux.

Tout ce que l'on peut dire actuellement, c'est qu'il n'existe pas de rétrécissement à ce niveau puisque l'urographie n'objective pas de dilatation urétérale. Par contre, il est toujours théoriquement possible d'évoquer une persistance du reflux en l'absence de cysto-graphie de contrôle.

Pour essayer de clore définitivement le débat et surtout rassurer la famille, je lui ai donc demandé malgré les nombreuses expositions que cette enfant a déjà subies, trois clichés de cystographie rétrograde en réplétion permictionnelle et postmictionnelle.

En l'absence d'image, on pourra je pense conclure à l'anorga-nicité de ses douleurs tout au moins en ce qui concerne l'appareil urinaire et envisager éventuellement en l'absence d'autre signe d'appel sur d'autres appareils, notamment digestif, une prise en charge psychologique chez cette enfant probablement perturbée par tout ce qui lui est arrivé.

Faux antécédents et coups de poing

Je dois revoir sa maman avec les clichés.
Je ne manquerai pas de vous tenir informé.

Docteur Lemoine, urologue.

Le rétrécissement de l'uretère à gauche, d'origine ischémique, est peut-être dû aux coups de poing que se prenait ce pauvre rein.

Ce médecin a eu un bon jugement sur cette histoire, il est évident que ma mère ne va pas l'estimer suffisamment compétent et qu'elle voudra nous éloigner de la vérité sur ma pseudo-maladie.

Et effectivement, elle me ramène en consultation auprès du docteur Verneuil, au CHU de Bordeaux, en invoquant un nouveau prétexte : l'hyperthermie. Peut-être pense-t-elle que le chirurgien en pédiatrie est finalement plus manipulable que le chirurgien en urologie ?

7 mars 1990
À l'attention du docteur Pelletier, médecin traitant.

Je revois aujourd'hui en consultation Delphine Robin qui a donc présenté cet épisode d'hyperthermie récent évoquant bien proba-blement un épisode infectieux. Je pense donc que le traitement que vous avez instauré va résoudre son problème actuellement.

L'UIV et la cystographie que vous avez fait pratiquer montrent qu'il y a de bons passages pyélo-urétéraux sans dilatation sous-jacente et qu'il n'y a pas de reflux vésico-urétéral.

La scintigraphie qui a été pratiquée à Tours et que j'ai reçue récemment montre qu'il y a une excellente pente de vidange des deux cavités rénales et des deux uretères, donc je ne crois pas que l'on puisse maintenant incriminer une stase dans les voies urinaires supérieures dans la genèse de cette infection urinaire. il s'agit plus probablement d'une infection urinaire primitive chez une enfant qui a des antécédents urologiques. Ce genre de phénomène se voit assez souvent et je pense que le traitement antibiotique que vous avez instauré suffira à résoudre ce problème.

Pour ma part, je crois que dans la mesure où il y a eu un nouveau problème, il serait peut-être souhaitable de proposer une cure ou un petit séjour dans une ville thermale pour les prochaines vacances de façon à ce qu'elle se repose car je l'ai trouvée un peu fatiguée ce matin à la consultation.

Professeur Verneuil, chirurgien, CHU de Bordeaux.

Les examens montrent une très bonne fonction rénale, les médecins constatent que je vais bien, pourtant maman s'acharne à vouloir démontrer que je suis malade et me convainc, ainsi que tout notre entourage, que je ne suis pas en bonne santé.

Je garde de toute cette épopée rocambolesque le souvenir de l'inquiétude perpétuelle de ma mère au sujet de mon état. Elle est alarmiste, aussi les gens qui viennent à la maison s'adressent à moi comme si j'étais une enfant fragile, affaiblie, parfois même comme si c'était la dernière fois qu'ils me voyaient. Je déteste leur gentillesse, leur compassion, cette image qu'ils ont de moi.

Maman aussi s'y met. Lorsqu'on rentre de consultation ou d'hospitalisation, je retrouve des cadeaux sur mon lit. Ils me sont offerts sans raison, juste pour me faire plaisir, mais cela me donne l'impression qu'il ne me reste plus longtemps à vivre.

Mais comment parvient-elle à convaincre tout le monde que mon état de santé est dramatique alors que je vais très bien, comme j'en ai la preuve aujourd'hui, plus de vingt ans après ?

Les médecins continuent à chercher, à m'examiner, se renvoyant l'un à l'autre la petite patiente à la maladie imaginaire. J'ai des souvenirs imprécis de cette période de vagabondage, je n'arrive pas à raccrocher certaines images aux éléments précis de mes dossiers médicaux, je ne me souviens pas de ces spécialistes rencontrés, de ces établissements dans lesquels je suis allée.

Faux antécédents et coups de poing

Je vois un grand bureau avec de la moquette, je me trouve encore une fois dénudée devant un médecin pour un examen que je trouve très gênant, je suis sur la table d'auscultation, je vois par la fenêtre une grande ville tout illuminée. Était-ce Niort, ou bien Poitiers ?

15 mars 1990
À l'attention du docteur Brunet, néphrologue, CH de La Rochelle.

Merci de m'avoir adressé en consultation la petite Delphine Robin qui n'a que 7 ans et un dossier radiologique déjà bien épais.

Je n'en ai vu qu'une petite partie mais je résumerai ainsi son dossier :

– En octobre 1987, intervention antireflux bilatéral type Cohen pour, d'après la maman, un reflux vésico-urétéral stade III bilatéral après échec d'un traitement médical de six mois.

– Urographie intraveineuse de février 1989 qui me paraît tout à fait normale.

– Scintigraphie isotopique de mai 1989 qui elle aussi me paraît tout à fait normale.

– Réintervention en juin 1989 pour, semble-t-il, une sténose du bas uretère gauche.

– Urographie intraveineuse d'août 1989 qui montre simplement un bassinet de grande taille mais sans aucune dilatation des tiges calicielles avec des fonds de calice tout à fait concaves, donc sans aucun signe d'hyperpression dans ces cavités.

– Septembre 1989, intervention de pyéloplastie gauche.

– Tomodensitométrie d'octobre 1989 qui est normale.

– Scintigraphie isotopique de janvier 1990 qui montre une courbe gauche décalée par rapport à la droite mais avec une décroissance tout à fait parallèle, la non-superposition des deux courbes étant liée au plus grand volume des cavités à gauche.

– Urographie intraveineuse de février 1990 qui montre une hypotonie des cavités côté gauche sans toutefois de dilatation et avec un passage urétéral ; la cystographie à cette époque ne montre pas de reflux.

Cette enfant se plaint de son côté gauche mais en fait, à l'examen, on provoque des plaintes douloureuses en palpant aussi bien la musculature pararachidienne que le rebord costal et on peut donc douter de l'origine rénale de la douleur.

Enfin les parents sont très inquiets et très demandeurs d'une réintervention qui à mon avis ne s'impose pas ; pour ma part, je ne suis pas sûr d'ailleurs que j'aurais posé l'indication opératoire sur les deux dernières interventions.

Je reste bien sûr à votre disposition pour rediscuter de ce dossier.

Docteur Houzet, urologue, clinique de Niort.

Ce médecin se pose des questions que ma mère ne veut pas entendre, obnubilée qu'elle est par l'idée de trouver le spécialiste génial qui me réopérerait. D'ailleurs, nous ne retournerons jamais le voir et allons continuer notre recherche du « médecin compétent ».

16 mars 1990
À l'attention du Professeur Alain, urologue, CHU de Poitiers.

Je suis envoyée par le néphrologue, le docteur Brunet de La Rochelle. Delphine a été opérée en octobre 1987 d'un reflux bilatéral (selon la méthode de Cohen) car elle avait des infections urinaires et fièvre à répétition. Elle à d'abord eu des traitements pendant sept mois sans résultat, alors la cysto a montré un reflux niveau quatre, elle avait plus d'infection. Très bien de ce côté-là. Elle avait un problème jonctionnel qui a été opéré en septembre 1988. Ça allait bien. (Le chirurgien docteur Favre est plus à La Rochelle, raison santé, il est parti.)

Depuis janvier 1989, elle recommence à avoir mal à son dos toujours le même côté, qu'elle fait voir à gauche, elle a des traitements sans résultat et plus le temps passe, plus elle a mal.

Faux antécédents et coups de poing

Lorsqu'elle fait pipi, elle a mal dans son dos en haut.

Elle peut se retenir, mais ça lui fait mal, ça lui déclenche de grosses crises, il faut lui donner du Spasfon.

On m'appelle aussi de l'école.

Il y a eu quinze jours dimanche, elle a eu 39° toute la nuit, pas mal de gorge, ni oreille, ni ventre, juste à son dos. Le lundi le médecin traitant est venu il ne pouvait pas y toucher son dos alors elle a eu six piqûres de Gentaline + Célestène, il m'a renvoyée voir le néphrologue le docteur Brunet qui l'a trouvée fatiguée, les yeux cernés. Il lui a fait faire une scintigraphie en janvier 1990, j'ai porté la photocopie que l'on m'a confiée.

Alors on devait venir vous voir le 28 mars 1990 mais il a avancé le rendez-vous. Car sur sa dernière UIV il trouve le bassinet gauche dilaté, sur la scintigraphie plus lent à gauche.

Alors il m'a dit qu'il vous connaissait très bien et qu'il faut certainement reprendre la jonction et il préfère que ce soit fait par vous.

Le docteur Brunet m'a expliqué qu'il valait mieux que vous l'opériez maintenant que d'attendre que son rein soit touché, et on ne peut pas la laisser comme cela.

Madame Robin.

Je suis effarée. Ma mère a rédigé elle-même un courrier à cet urologue vers lequel nous a orientées le néphrologue du CH de La Rochelle, exposant sa vision de mon cas et les conséquences qu'il doit induire. Cette prise d'autorité sur les médecins, cette volonté de s'imposer pour arriver à ses fins me laisse anéantie. Par ailleurs, encore une fois, elle ment. Elle ment sur les dates, les lieux et les motifs des opérations. Mais lui non plus n'entrera pas dans son jeu.

16 mars 1990
À l'attention du docteur Brunet, néphrologue, CH de La Rochelle.

Je viens de voir l'enfant Robin Delphine, âgée de 7 ans, opérée en octobre 1987 d'un reflux vésico-rénal bilatéral suivant la technique de Cohen, puis en septembre 1988, c'est-à-dire près de un an plus tard, d'une anomalie de la jonction pyélo-urétérale gauche.

Sur le plan général, cette petite fille va bien mais elle se plaint de temps à autre de sa fosse lombaire gauche et aurait eu il y a une quinzaine de jours un épisode fébrile à 39°. L'examen d'aujourd'hui est tout à fait normal. En cystographie rétrograde, il n'y a pas de reflux et sur l'urographie intraveineuse le haut appareil me paraît normal aussi bien à droite qu'à gauche avec, en particulier, de très bons passages urétéraux à gauche, c'est-à-dire du côté opéré. L'impression est la même sur l'urographie du 19 août 1989.

Enfin, les urines sont actuellement sans pus ni germe.

Je ne pense pas du tout qu'il faille à nouveau intervenir sur cette petite fille et je vous propose de lui donner huit jours par mois du sirop de Nibiol.

J'aimerais revoir Delphine en consultation dans trois mois.

Professeur Alain, urologue, CHU de Poitiers.

Il ne me reverra pas en consultation trois mois plus tard. Il ne trouve pas ce qui ne va pas, il ne propose aucune opération : pour ma mère, il est inefficace.

L'opération, c'est la seule bonne réponse, sa seule préoccupation, ce qu'elle veut absolument obtenir, envers et contre tous les diagnostics médicaux.

« On fait confiance à une maman »

Durant toute mon enfance, ma mère me dit que ma grand-mère nous voit de là-haut. Parfois, je me demande si elle nous regarde quand maman me frappe le flanc, quand elle me répète de bien montrer au médecin que j'ai mal au dos, quand elle fausse les analyses d'urine, quand elle se met en colère avec le martinet à la main, ou encore quand elle et son fils aîné prennent un malin plaisir à nous humilier et nous rabaisser, mon frère et moi.

Pourquoi n'est-elle pas douce et responsable comme l'était sa propre mère ? Maman a souvent de gros problèmes d'argent. Elle emprunte sans cesse à des amis qu'elle connaît bien ou non ainsi qu'à des personnes de notre famille, toujours sans que mon père le sache. Elle demande aussi régulièrement des bons pour des colis alimentaires au service social de la mairie. J'ai honte pour elle, je me dis que l'on doit faire pitié aux yeux des autres. Maman, elle, semble bien le vivre. Elle cache les difficultés financières à papa, elle prend bien garde chaque jour d'aller ramasser le courrier avant qu'il ne rentre du travail pour qu'il ne découvre pas les éventuelles lettres de relance de factures impayées ou de tous les crédits renouvelables qu'elle contracte.

Elle passe toujours ses colères sur l'un d'entre nous, elle s'acharne sur mon père, l'un de mes deux frères ou moi, à tour de rôle. J'ai de la peine quand mon père subit son mépris, sa méchanceté. Je ne comprends pas pourquoi elle se comporte de cette façon. Elle lui reproche de consacrer trop de temps à son activité de pompier bénévole.

Tout ce qu'elle ne contrôle pas prend des proportions exagérées.

Ma prétendue maladie devient pour maman une source de préoccupation de plus en plus folle. Au milieu des conflits et des soucis financiers, elle parvient à me traîner jusqu'à Paris, pour revoir le Professeur Rodier, armée d'une lettre de notre médecin traitant et de notre néphrologue de La Rochelle, le docteur Brunet, qui ne s'expliquent pas mes douleurs au flanc gauche puisque tous mes examens sont normaux.

La consultation se transformera en une hospitalisation dont je n'ai aucun souvenir.

10 avril 1990
À l'attention du docteur Pelletier, médecin traitant.

Nous avons hospitalisé Delphine Robin du 10 au 12 avril 1990. Il a été pratiqué durant cette hospitalisation un bilan préopératoire comportant une numération qui montrait un bilan normal. L'ECBU ne montrait aucune anomalie.

La cystographie pratiquée le 10 avril montre une répartition normale des clartés digestives, une opacification d'une vessie normale. Il n'y a pas de reflux vésico-urétéral et pas d'anomalie de l'uretère ou du col vésical. Nous avons réalisé une endoscopie qui a montré une sténose du méat urétéral et nous avons pratiqué une courte méatostomie en espérant que cette intervention améliore la situation de Delphine.

Professeur Rodier, hôpital Necker-Enfants malades.

Nous n'irons plus voir ce médecin après cette intervention.

25 avril 1990
À l'attention du docteur Hacquin, médecin traitant.

Je revois aujourd'hui avec plaisir Delphine Robin qui finalement ne va pas si mal que ça, mais qui a refait des problèmes urinaires avec douleurs de la fosse lombaire.

Les examens pratiqués ce jour montrent qu'il n'y a absolument pas de dilatation du haut appareil, la vidange de ses reins est strictement normale avec opacification précise des uretères et, à l'épreuve au Lasilix, une vidange complète sans stase.

Dans la mesure où une cystographie avait été faite en mars et était normale, je pense qu'il n'y a plus de problème mécanique urologique chez cette enfant. Par contre, elle présente toujours des signes d'instabilité vésicale et je crois et persiste à dire qu'il faut la mettre sous Ditropan pour essayer de résoudre ce problème car l'instabilité à elle seule peut expliquer à la fois les douleurs et les infections urinaires que recommence à présenter Delphine. D'un autre côté, je crois qu'il serait souhaitable qu'aux grandes vacances elle aille faire un mois de cure dans une ville d'eaux pour essayer là aussi d'améliorer son système urinaire.

Je reverrai Delphine lorsque vous le jugerez utile.

Professeur Verneuil, chirurgien, CHU de Bordeaux.

C'est aussi la dernière consultation que nous aurons avec le Professeur Verneuil. Je pense que maman n'apprécie pas qu'il ne trouve aucun problème urinaire qui pourrait nécessiter une nouvelle intervention chirurgicale.

Par ailleurs, au cours de mes recherches sur mon parcours médical, je découvre qu'une psychologue du service du Professeur Verneuil m'a rencontrée à la demande du spécialiste. Je suis étonnée, je n'en ai aucun souvenir et ma mère ne m'en a jamais

« On fait confiance à une maman »

parlé, mais sans doute cela a dû la conforter dans sa décision de cesser de voir ce médecin.

La psychologue préconisait un éloignement familial. Est-ce pour cette raison que le docteur Verneuil pense qu'il serait souhaitable que je fasse une cure pendant un mois ? Est-ce un moyen de nous séparer maman et moi ?

Cet épisode ne la décourage pas en tout cas et, un mois après, nous nous retrouvons dans le bureau d'un nouvel urologue, au CHU de Nantes, le docteur Brissaud. Sa secrétaire nous a introduites alors qu'il n'était pas encore arrivé. Maman profite que nous soyons seules pour me faire ces dernières et habituelles recommandations : bien lui dire où je souffre, lui faire comprendre que j'ai mal au rein quand il m'ausculte. Moi, j'ai peur qu'il ne veuille me faire passer à nouveau tous ces examens que j'ai déjà tant et tant subis. J'en ai vraiment assez ! Ma mère n'aime pas m'entendre dire que j'en ai marre, elle prétend encore et toujours que c'est pour mon bien. Et dans ma tête de petite fille, je me dis qu'elle ne perdrait pas son temps à sillonner les hôpitaux à la recherche d'un bon médecin si ce n'était pas le cas.

Mai 1990
À l'attention du docteur Pelletier, médecin traitant.

J'ai vu en consultation votre patiente, Delphine Robin, 7 ans, pour persistance de douleurs lombaires côté gauche et d'ECBU positif à Proteus.

Les douleurs sont déclenchées par l'absorption d'eau et de Lasilix.

Cette enfant a été opérée d'un reflux bilatéral selon la technique de Cohen et d'une anastomose pyélo-urétérale en 1988. Malgré ces interventions, les douleurs lombaires côté gauche persistent.

Sur l'urographie, on note une petite rétention du produit de contraste au niveau du bassinet gauche, mais avec quelques passages urétéraux.

La cystographie montre l'absence de reflux.

Le scanner ne montre pas de lésion de pyélonéphrite chronique vraie au niveau de son rein gauche, et ceci est de bon augure.

Cliniquement, on retrouve une douleur dans la fosse lombaire gauche, le reste de l'examen clinique étant strictement normal.

Nous avons donc fait une échographie de ce rein gauche, ou l'on note un bon parenchyme rénal et des cavités relativement fines. Par contre, dès qu'on lui fait absorber de l'eau en quantité suffisante, on voit les cavités pyélo-calicielles se dilater nettement. Ceci est donc en faveur de la persistance d'un obstacle au niveau de sa jonction pyélo-urétérale.

Je vous propose, en accord avec Mme Robin, de réaliser en hospitalisation une scintigraphie au DTPA qui nous montrera une valeur fonctionnelle réelle de son rein gauche, [.] l'infiltration glomérulaire, [ainsi que] la qualité de la chasse d'urine du bassinet vers l'uretère. L'épreuve se réalise après injection intraveineuse sous Lasilix. Nous prévoyons donc une date pour cet examen, et en fonction de celui-ci, nous prendrons la décision d'une nouvelle correction chirurgicale ou non.

Docteur Brissaud, urologue, CHU de Nantes.

Ma mère ment ! Comme elle le fait systématiquement maintenant. Elle prétend que j'ai été opérée deux fois à La Rochelle, alors que la deuxième intervention a eu lieu à Bordeaux ; elle n'évoque pas mon passage à la clinique de Niort, ni les interventions au CHU de Poitiers ou à l'hôpital Necker. Pourtant, cela ne faisait qu'un mois que nous avions poussé l'excursion médicale jusqu'à Paris ! Elle ne lui raconte pas non plus la consultation du 6 février avec le docteur Lemoine, à La Rochelle.

Tout est organisé à merveille et permet à maman de manipuler les médecins.

Mai 1990

À l'attention du docteur Brunet, néphrologue, CH de La Rochelle.

Votre patiente, Delphine Robin, a donc été hospitalisée dans le service d'urologie, le 10 mai dernier, pour scintigraphie au DTPA. En fonction du résultat de cette scintigraphie, nous devions prévoir une intervention ou non.

La scintigraphie montrait qu'il existait un obstacle au niveau de la jonction pyélo-urétérale. Nous avons donc décidé d'intervenir le lendemain. Cette intervention a été effectuée par la reprise de la voie d'abord initiale, avec une dissection du rein un petit peu difficile du fait de la fibrose postopératoire. Après repérage de l'uretère d'aval, nous sommes donc remontés sur le bassinet sur lequel nous avons pu obtenir une dissection relativement correcte. Nous avons réséqué l'anastomose initiale et refait cette anastomose pyélo-urétérale en raquette selon la technique d'Anderson. La jonction était intubée par un drain de Gil-Vernet que nous avons maintenu pendant dix jours.

Delphine est sortie du service le 18, mais a été réhospitalisée une journée, le 25 mai dernier, afin d'effectuer l'ablation de ce drain.

Nous avons convenu de la revoir en consultation le 25 juillet prochain, avec une urographie intraveineuse.

Professeur Brissaud, urologue, CHU de Nantes.

Pourtant le compte rendu du radiologue ayant pratiqué la scintigraphie rénale au DTPA conclut par :

Ce bilan scintigraphique au DTPA ne retrouve aucun élément d'éventuel syndrome obstructif majeur.

Ce fut ma première hospitalisation dans cet hôpital. Il va y en avoir plusieurs encore.

En attendant, c'est un peu de répit qui s'annonce.

L'année scolaire touche à sa fin et l'été est une période où ma mère me laisse tranquille. Elle nous envoie tous les ans en colonie pendant les grandes vacances, pour qu'on lui « foute la paix ».

« Je ne vais quand même pas vous supporter pendant deux mois », dit-elle chaque fois.

Suis-je allée en cure cette année-là comme l'avait préconisé le professeur Verneuil ? Je ne m'en souviens plus. Encore une fois, mes souvenirs sont confus.

Mais peu importe où je suis allée au cours de ces deux mois, ce qui est sûr, c'est qu'à peine rentrée les vadrouilles médicales reprennent, et je retrouve l'ambiance sinistre de la maison entre un frère aîné qui impose toujours un peu plus son autoritarisme sur ses cadets, un père toujours aussi absent, et une mère qui ne sait gérer ni la maison, ni l'argent, ni ses humeurs, et qui, en plus, m'impose sa folie obsessionnelle.

Août 1990
À l'attention du docteur Pelletier, médecin traitant.

J'ai revu en consultation Delphine Robin, 7 ans, chez qui nous avions effectué en mai dernier une nouvelle plastie de jonction pyélo-urétérale gauche.

Si tout allait bien jusque-là, elle a présenté ces derniers jours un épisode de cystite avec hématurie. Une échographie a été réalisée, montrant qu'il y avait une petite dilatation et une ballonisation de ses cavités pyélo-calicielles, ce qui est strictement normal.

Il y a un bon passage au niveau de l'uretère lombaire. Nous l'avons constaté ce jour avec une urographie intraveineuse, qui montrait une jonction pyélo-urétérale strictement normale, une bonne injection de l'uretère de manière identique au côté droit.

On peut considérer qu'il s'agit pour l'instant d'un bon résultat de sa plastie de jonction. Son épisode de cystite s'est rapidement amendé, et il ne faut pas en tenir compte. En pratique, il faut

« On fait confiance à une maman »

que nous laissions tranquille Delphine tant qu'elle continue à grandir, et pour ma part, je la reverrai simplement dans six mois en consultation.

Professeur Brissaud, urologue, CHU de Nantes.

« Il faut que nous laissions Delphine tranquille » !

Si seulement ma mère avait écouté les médecins, si seulement ils avaient décidé d'arrêter toutes les investigations, peut-être aurais-je été un peu heureuse. J'ai grandi trop vite, avec l'angoisse des hôpitaux, de la maladie, de la mort, soumise à tout ce que je subissais malgré ma révolte et mon questionnement intérieur.

Mais ça n'intéresse pas ma mère de me laisser tranquille. Il faut trouver quel est mon problème et agir ! Ce que je ne comprends pas, c'est que personne ne vérifie ses dires au sujet des hématuries : il n'y a qu'elle qui le voit, le sang dans mes urines. Mais on la croit, bien entendu, on peut lui faire confiance, une maman ne veut que ce qu'il y a de mieux pour son enfant !

Moi, je voudrais juste continuer d'aller à l'école régulièrement, mais même ma scolarité n'est pas normale. J'aurais dû rentrer en CE1, retrouver mon instituteur, mes amis, mais j'ai redoublé sans savoir pourquoi et me suis retrouvée avec Paul dans l'école d'une commune voisine où ma mère a trouvé un emploi à l'hôpital local. Cela l'arrangeait donc. Elle ne se soucie, de toute façon, que peu de ma réussite scolaire qui n'est pas sa priorité. Je me sens triste et en colère, c'est une souffrance qui s'ajoute aux autres.

Je voudrais vivre mon enfance comme les autres, je voudrais ne plus voir aucun chirurgien, qu'elle arrête de me poser toutes ces questions, de me taper sur le rein.

Alors que le docteur Brissaud ne voulait me revoir que dans six mois pour une consultation, maman me ramène dans son bureau deux mois plus tard.

Octobre 1990
À l'attention du docteur Pelletier, médecin traitant.

J'ai revu en consultation Robin Delphine qui a donc été opérée à La Rochelle, il y a plusieurs années, d'une plastie de jonction pyélo-urétérale gauche et d'un antireflux selon Cohen.

Dans les suites postopératoires, se sont révélées des pyélonéphrites à répétition, et, en fait, une récidive de sa jonction pyélo-urétérale gauche.

Nous avions donc pris la décision d'effectuer une nouvelle plastie.

Actuellement, elle présente à nouveau des douleurs lombaires côté gauche, sans que l'on ait mis en évidence une récidive de reflux [...].

Je demande la réalisation d'un scanner afin de ne pas passer à côté d'une lésion infectieuse au niveau de son parenchyme rénal.

Docteur Brissaud, urologue, CHU de Nantes.

Pourquoi le médecin traitant, qui est au courant de mon passage à l'hôpital de Bordeaux et des opérations qui y ont été effectuées, c'est-à-dire l'antireflux et la plastie de la jonction, n'attire pas l'attention de M. Brissaud à ce sujet ? Il pense probablement que maman l'a fait : « On fait confiance bien entendu à une maman », se dit-il probablement.

Encore une fois, le résultat du scanner est tout à fait satisfaisant.

Mais maman garde son idée en tête, pire, elle considère que la seule issue pour une guérison efficace est la dialyse.

« As-tu mal à ton rein ? Quand ? Fais-tu bien pipi ? »

Elle me harcèle tous les jours, continue de me frapper le flanc. Elle provoque une douleur persistante qui la conforte dans son hypothèse et justifie qu'elle me traîne de nouveau au CHU de Nantes. Apparemment, cette année encore ma scolarité ne va pas être la priorité.

Octobre 1990
À l'attention du docteur Pelletier, médecin traitant.

En l'absence du docteur Brissaud, je viens de voir la petite Robin Delphine, 7 ans.
Elle continue à faire des douleurs lombaires côté gauche avec des poussées fébriles malgré la reprise de la plastie de jonction.
L'urographie réalisée au début du mois était tout à fait satisfaisante avec de magnifiques passages pyélo-urétéraux. J'ai voulu aujourd'hui vérifier l'absence de reflux par une cystographie mais il n'a pas été possible de cathétériser son urètre.
Je prévois donc d'hospitaliser Delphine pour une journée afin de réaliser une cystoscopie et une cystographie sous une courte anesthésie générale.

P.-S. : J'ai contacté les radiologues de La Rochelle qui n'ont pas trouvé de foyers infectieux au niveau du parenchyme rénal pouvant expliquer la récidive de pyélonéphrite.

Docteur Martin, CHU de Nantes.

En retraçant mon histoire, je réalise la quantité de cystographies et d'urographies qui ont été réalisées. Je trouve ça impressionnant. Je ne me souviens pas de toutes. Je me replonge dans la vie de cette petite fille, mais je n'arrive pas à revivre tous les événements dont je prends connaissance en dépouillant cet amas de papiers ; pourtant, je retrouve la douleur intérieure que je ressentais à l'époque, je me souviens à quel point je voulais pleurer, crier, m'enfuir. Mais je restais toujours et faisais exactement tout ce qu'on me demandait sans rechigner. J'arrive à situer cette petite fille par « flashs » : dans une salle de radio ; seule et nue sur la table ; dans le bureau de consultation ; dans la chambre d'hôpital ; à la maison... Quand je me replonge dans ce

quotidien parfois vague, il m'arrive de relever la tête et de penser :
« La pauvre petite fille, elle devait être courageuse pour supporter
tout ça sans rien dire ! »

Je ne sais pas si je l'acceptais pour faire plaisir à maman ou
parce que je croyais vraiment être malade ?

Novembre 1990
À l'attention du docteur Pelletier, médecin traitant.

*Nous avons repris dans le service d'urologie Robin Delphine
qui pose toujours le problème de lombalgies à gauche, malgré
une deuxième pyélo-plastie, avec, semble-t-il, des douleurs lors de
la miction.*

*Nous avons réalisé une urographie intraveineuse qui est tout
à fait satisfaisante, avec une bonne sécrétion de son rein gauche,
de bons passages pyélo-urétéraux. Il n'a pas été possible d'effectuer
une cystographie rétrograde. Nous l'avons donc hospitalisée une
journée afin de réaliser une endoscopie et de refaire cette cystographie rétrograde.*

*L'endoscopie a montré un col vésical normal, des orifices
urétéraux en place après son intervention d'antireflux. D'autre part,
la cystographie que nous avons effectuée est strictement normale,
sans reflux.*

*On peut penser que la persistance des douleurs lombaires est
liée aux deux interventions qui ont été effectuées au niveau de sa
jonction pyélo-urétérale gauche et que le bassinet ne se distend plus
lors d'un apport hydrique important. Il n'y a pas de solution pour
l'instant à envisager chez Delphine. Il nous faut malheureusement
attendre que la situation évolue dans un sens ou dans un autre.*

Docteur Brissaud, urologue, CHU de Nantes.

La fonction de tout mon système urinaire et rénal fonctionne correctement, mais les douleurs persistent, ce qui pose des difficultés aux différents médecins qui sont amenés à me voir. Pourquoi ces douleurs ? Comment les faire cesser ? Le docteur Brissaud ne sait plus quoi faire pour venir en aide à la petite malade.

Décembre 1990
À l'attention de Madame Robin.

Je vous remercie déjà pour les excellentes huîtres que vous nous avez offertes. Je vous envoie un mot de compte rendu de l'hospitalisation de Delphine.

Nous avons donc réalisé chez Delphine une urographie intraveineuse sous hyperdiurèse (injection de Lasilix) qui a montré par une étude en vidéoscopie qu'il existait une absence de dilatation au niveau de son haut appareil et une chasse urétérale avec péristaltisme urétéral strictement normale sans anomalie au niveau de son bas uretère.

L'injection de Lasilix a déclenché une douleur chez Delphine similaire à celle qu'elle présente. Il n'y a donc pas lieu de faire d'autres explorations et nous avons donc effectué une injection de produit anesthésique (Xylocaïne, Marcaine) au niveau de son pédicule rénal en espérant faire disparaître les douleurs chez Delphine. Le résultat de cette injection va nous permettre de savoir s'il faut lui proposer éventuellement une dénervation de son rein s'il n'y a rien d'autre à faire.

Docteur Brissaud, urologue, CHU de Nantes.

Évidemment qu'il n'y a rien d'autre à faire aux yeux de maman.

Décembre 1990
À l'attention du docteur Pelletier, médecin traitant.

Votre patiente Delphine Robin a été réhospitalisée dans le service le 17 décembre dernier pour réaliser une dénervation de son rein gauche.

J'ai fait une injection de Marcaine au niveau du pédicule rénal qui a apporté une bonne amélioration au niveau des douleurs [.]. Nous avons donc décidé d'effectuer cette intervention en prenant sa voie d'abord au niveau de l'hypocondre gauche. Ceci nous a permis de dégager tout son rein gauche et de libérer complètement son pédicule vasculaire, en sectionnant toutes les afférences neurologiques.

Les suites ont alors été relativement correctes chez Delphine.
Delphine a quitté le service le 21 décembre.

Docteur Brissaud, urologue, CHU de Nantes.

« JE NE VOIS PAS D'AUTRE SOLUTION QUE L'ABLATION DU REIN GAUCHE »

Nous avons eu un accident de voiture. Un véhicule a embouti le nôtre par l'arrière, où j'étais assise, seule. Mon père conduisait, maman était à côté de lui.

Le choc n'a pas été violent, mais ma mère était paniquée. Nous avons été dans le premier bar que nous avons croisé sur notre chemin, elle m'a conduite dans les toilettes, déshabillée ; affolée, elle m'a dit qu'il y avait du sang, mais je ne vois rien, je ne sais pas si elle ment ou s'il y a vraiment du sang dans les urines. La petite fille s'interroge mais se laisse encore une fois manipuler.

Février 1991
À l'attention du docteur Brissaud, urologue, CHU de Nantes.

À la suite d'un accident de voiture, le 28 décembre 1990, avec traumatisme lombaire gauche, Delphine a présenté immédiatement une douleur lombaire accompagnée d'une hématurie. Une échographie en urgence à été faite le même jour. Elle n'a pas montré d'anomalie mais, devant la persistance de cette hématurie, un scanner et une scintigraphie ont été faits. Ils ont montré un rein gauche bosselé et non fonctionnel. Il persiste toujours une hématurie de façon intermittente. Lésion de l'artère rénale gauche ?

Doit-on envisager une néphrectomie gauche ?

Docteur Pelletier, médecin traitant.

Février 1991
À l'attention du docteur Pelletier, médecin traitant.

J'ai revu en consultation l'enfant Robin Delphine, avec une scintigraphie au DTPA et un scanner.

Il existe effectivement une atrophie majeure de son rein gauche responsable de l'hématurie et de la pyurie.

J'ai du mal à expliquer cette diminution de volume, mais il est possible qu'on puisse la mettre en rapport avec le traumatisme de l'accident de la voie publique. Malheureusement, je ne vois pas d'autre solution que de procéder à l'ablation de son rein gauche, après une vérification endoscopique de la provenance de l'hématurie. Nous prévoyons donc cela avec Mme Robin, pour hospitaliser Delphine pendant environ une semaine.

Docteur Brissaud, urologue, CHU de Nantes.

Voilà, maman obtient ce qu'elle veut, on va m'enlever un rein. Les coups de poing qu'elle me met régulièrement ont « porté leurs fruits ».

Février 1991
À l'attention du docteur Pelletier, médecin traitant.

J'ai donc réhospitalisé Delphine Robin le 24 février 1991 dans le service d'urologie.

Je ferai simplement un bref rappel de l'histoire clinique de Delphine. [...] Malheureusement, un mois après l'intervention qui a consisté à dénerver son rein gauche, une hématurie macroscopique est apparue dans les heures suivant un accident de voiture. Mme Robin m'avait alors contacté et je lui avais conseillé simplement d'attendre un petit peu pour voir si cette hématurie cessait de manière spontanée. Ceci n'a pas été le cas et, devant sa persistance, vous aviez donc demandé un examen tomodensitométrique et une scintigraphie au DTPA qui avait montré une hypovascularisation rénale gauche associée à une diminution importante du parenchyme rénal gauche.

Devant cette constatation, et après entrevue avec Mme Robin, j'ai pris la décision d'une nouvelle exploration de sa fosse lombaire gauche. Cette intervention a été réalisée le 25 février 1991 [.]. Nous avons découvert un rein gauche petit, flétri [...]. J'ai donc réalisé, contraint et forcé, une néphrectomie gauche. Les suites postopératoires ont été très simples chez Delphine qui a quitté le service le 3 mars 1991. Je n'ai pas encore malheureusement le compte rendu anatomo-pathologique exact, mais je vous adresserai nos conclusions.

Docteur Brissaud, urologue, CHU de Nantes.

Résultats des examens qui ont précédé la néphrectomie

Scintigraphie au dtpa :
La conclusion :
– Rein gauche bien vascularisé mais non fonctionnel (filtration glomérulaire extrêmement faible).
– Rein droit légèrement hypertrophié, bien vascularisé, avec une bonne filtration glomérulaire. Il existe une stase à la jonction pyélo-urétérale, avec une vidange intermittente liée en fait à la dilatation de la voie urinaire excrétrice, mais sans véritable obstruction comme en témoigne le test au Lasilix.

« Je ne vois pas d'autre solution que l'ablation du rein gauche »

Dans l'état actuel des choses, compte tenu de l'importante dégradation fonctionnelle du rein gauche et de la qualité fonctionnelle du rein droit, il pourra être intéressant de réaliser une scintigraphie rénale au DMSA pour une étude séparée de la valeur fonctionnelle de chaque rein (valeur compensatrice du rein gauche).

Scanner rénal :
La conclusion :
– Sécrétion rénale bilatérale, mais petit rein gauche bosselé.
– À droite, dilatation du bassinet et des cavités, sans dilatation urétérale.

Compte rendu anatomie pathologique (rein gauche) :
La conclusion :
– Lésions ischémiques aiguës et chroniques, avec des lésions vasculaires dont l'intensité est moins importante que ne le voudraient ces lésions d'ischémie. Stigmates de néphrite chronique ascendante.

Le retour du bloc est terrible. J'ai des douleurs, je vomis à mon réveil. Les barrières de mon lit sont montées. Je voudrais que maman, assise sur une chaise près de moi, les baisse et me prenne dans ses bras. Mais elle n'a même pas un geste de réconfort et rentre à la maison dès que le chirurgien lui a expliqué le déroulement de l'opération.

J'appelle les aides-soignantes, les infirmières, je trouve auprès d'elles ce que ma mère ne me donne pas. J'ai toujours le sentiment de déranger ou d'être pénible, mais elles ne me font aucun reproche, elles viennent en souriant. Le soir, je suis anxieuse, je demande si je vais mourir.

« Bien sûr que non. »

Mais je suis convaincue qu'on ne dit pas à un enfant qu'il va mourir. Les infirmières prennent le temps de s'asseoir près de moi pour m'apaiser, de me donner la main et de me raconter des histoires. La petite fille pense qu'elles veulent m'offrir de bons moments avant de mourir. Cette peur de disparaître s'ancre en moi à partir du jour de cette opération.

J'ai bien compris que l'on vient de m'enlever un rein. Désormais, le Professeur Brissaud veut surveiller l'évolution de mon rein unique. Il m'explique qu'il serait souhaitable qu'il se développe de façon plus importante afin de compenser l'absence de l'autre. Il doit devenir un grand rein compensateur. J'ai peur et maman ne me rassure pas :

« On ne peut vivre que sous dialyse quand nos deux reins ne fonctionnent plus », me dit-elle.

Elle continue de s'inquiéter de ma santé sans m'apporter le réconfort dont j'ai besoin, cette atmosphère anxiogène s'imprègne dans tout mon être. Elle regarde presque toutes les émissions télévisées qui parlent du don d'organe en ma compagnie. Mon père et mes frères, eux, ne semblent pas du tout soucieux de ma mort prochaine.

Du haut de mes 8 ans, je suis de plus en plus angoissée, j'ai très peur que mon rein droit ne s'arrête de fonctionner brutalement. J'éprouve souvent cela le soir, au moment de me coucher. Je redoute qu'il me lâche, la nuit, et que personne, pas même moi, ne s'en rende compte. Cette pensée à l'époque m'effraie beaucoup. Parfois, je m'imagine la scène, maman me retrouvant morte dans mon lit. Même si je pense qu'elle m'aime, je pense aussi qu'elle pourrait se « réjouir » de mon décès. J'imagine la famille et les amis venir la voir pleurnicher, la plaignant d'avoir perdu son enfant si malade depuis tant d'années. Je me rends compte en effet que ma mère apprécie la compassion que notre entourage lui témoigne depuis l'ablation de mon rein.

Lors d'une consultation avec le néphrologue de l'hôpital de La Rochelle, M. Brunet, je lui demande si, vraiment, on peut passer à côté du diagnostic de l'arrêt de la fonction de mon rein restant. Il m'explique patiemment et gentiment que cela ne peut pas arriver soudainement, qu'auparavant on pourrait voir apparaître de l'œdème au niveau de mes jambes, que j'urinerai de moins en moins...

Depuis, tous les soirs, j'ai un rituel : je m'assure de ne pas avoir d'œdèmes aux jambes de la même façon que le médecin me l'a montré, et je repasse dans ma tête le fil de ma journée afin de m'assurer que j'ai bien uriné régulièrement. Après, seulement, je suis prête à m'enfouir sous les draps.

Mais non, la peur m'envahit malgré tout et maintient mes yeux grands ouverts dans l'obscurité. Alors je laisse ma lampe de chevet allumée, je m'assois dans mon lit pour ne pas m'endormir, je lutte, je suis tétanisée à l'idée de ne pas me réveiller. Parfois, je suis tellement submergée que je ne peux pas garder mon angoisse pour moi toute seule. Je me lève et je réveille papa, je lui explique que j'ai peur de mourir, mais il ne comprend pas que je puisse avoir de telles pensées. Il finit par se fâcher, m'ordonne de retourner me coucher et de dormir. Maman, elle, ne se réveille même pas. J'obéis, sans être le moins du monde rassurée, et si je me recouche, je ne m'endors pas.

Pourtant, je me réveille toujours le lendemain, contente de ne pas être morte, mais mécontente de ne pas avoir réussi à résister ; je me dis que c'est à ce moment-là que j'aurais pu mourir, au moment où le sommeil m'a vaincue malgré moi. J'arrive fatiguée à l'école, je préférerais rester chez moi, toute seule, d'autant que les enfants se moquent beaucoup de moi, de mes résultats scolaires, qui sont mauvais à cause de mes absences à répétition, et aussi de mes vêtements, que ma mère se fait donner à l'époque par la belle-famille d'un de ses frères, parce qu'elle n'a pas les moyens de nous en acheter des neufs. Ils sont démodés, un peu usés, pas à ma taille. J'ai honte, je ne me sens pas à l'aise. J'ai déjà très peu confiance en moi dans cette école où j'ai redoublé et où je suis incapable de me lier d'amitié avec qui que ce soit. Je me sens triste et seule. J'envie mes camarades que les parents accueillent à la sortie de l'école avec un câlin et un bisou, qui sont bien habillés et travaillent normalement.

Mars 1991
À l'attention du docteur Pelletier, médecin traitant.

J'ai reçu l'examen anatomo-pathologique complet de la pièce de néphrectomie effectuée chez Delphine Robin.

Cet examen histologique montre de vastes plages ischémiques avec des zones d'infarctus ne laissant que des structures tubulaires et glomérulaires fantomatiques. En d'autres zones le parenchyme est mieux conservé et les glomérules ont alors souvent un floculus complètement rétracté. Par contre, ses vaisseaux sont relativement peu modifiés compte tenu des lésions ischémiques observées. Les artérioles sont normales de même que la plupart des artères de moyen calibre. Au niveau du hile rénal les veines sont perméables mais certaines artères présentent une andartérite fibreuse qui rétrécit de manière notable le calibre luminal.

Au total, il existe donc des lésions ischémiques aiguës et chroniques avec des lésions vasculaires dont l'intensité est moins importante que le voudraient ces lésions d'ischémie.

En conséquence je pense que l'association accident de la voie publique et hématurie quelques heures après cet accident peut être retenue pour responsable de la majorité des lésions d'infarcissement ou ischémiques retrouvées au niveau du rein.

Docteur Brissaud, urologue, CHU de Nantes.

Je ne peux m'empêcher de penser que les coups de poing subis par mon rein de façon régulière durant des mois ont pu être à l'origine des lésions présentes sur mon rein.

Peut-être que si, à l'époque, j'avais averti le Professeur Brissaud de la façon dont ma mère m'examinait en me frappant le flanc, ses conclusions par rapport à l'analyse anatomo-pathologique auraient été différentes. Mais parler au Professeur Brissaud ou même à quelqu'un d'autre du comportement de ma mère, de ses recommandations avant les consultations, ou encore de la façon

« Je ne vois pas d'autre solution que l'ablation du rein gauche » dont les ECBU étaient faites, cela aurait été la trahir, remettre sa parole de « bonne mère » en cause. Je lui ai fait cadeau de mon rein par amour.

25 avril 1991
À l'attention du docteur Pelletier, médecin traitant.

Je viens de revoir en consultation Delphine Robin chez qui j'avais effectué une néphrectomie fin février 1991.

La cicatrisation est bonne, avec une cicatrice souple bien qu'un peu large, mais ceci n'est pas d'actualité pour l'instant.

Le plus important est que Delphine ne présente plus de douleurs ni de symptôme urinaire anormal.

J'ai également vu les échographies que vous avez fait réaliser, qui montrent un bassinet hypotonique, mais ceci est strictement normal du fait que celui-ci est extrasinusal et qu'il faut attendre que ce rein soit en véritable hypertrophie compensatrice.

Enfin, il existe surtout une petite anémie mais qui est encore modérée.

La fonction rénale est normale. La vitesse de sédimentation est un petit peu élevée, mais ceci n'est pas trop inquiétant du fait de la proximité de l'intervention.

Je ne lui donne pas de nouveau rendez-vous, mais je reste bien entendu à votre disposition si des éléments nouveaux survenaient.

Docteur Brissaud, CHU de Nantes.

L'OBSESSION D'UNE GREFFE

Chaque fois qu'on sort du CHU de Nantes, nous passons devant un grand bâtiment qui fait partie de l'établissement. Maman me dit :
« Regarde, Nénette, tu iras ici un jour. »

C'est apparemment là que se rendent les personnes dialysées et celles qui ont été greffées.

Après l'école, certains soirs, je vais rejoindre ma mère sur son lieu de travail. Elle m'assoit sur une table, me regarde droit dans les yeux et me demande si j'ai mal dans mon dos, à mon rein. C'est une scène dont je me souviens confusément, mais que plusieurs collègues de ma mère, qui y assistaient, m'ont racontée.

« Oui, j'ai mal », répondais-je systématiquement à ma mère.

« Alors, il faut le dire au médecin ! Comment veux-tu qu'il fasse ce qu'il faut si tu ne dis rien ! »

Comment pouvait-elle me parler comme cela devant des personnes que nous connaissions à peine ? Ses collègues m'avouent aujourd'hui qu'elles ne trouvaient pas cela normal, mais qu'elles n'osaient pas intervenir.

La folie de ma mère dépassait tout le monde. Maintenant que mon rein gauche avait été enlevé, elle était persuadée que mon rein droit dysfonctionnait et entreprit la quête de ce nouveau sésame : le spécialiste qui acceptera la greffe ou la dialyse.

Sous prétexte de fièvres et de douleurs, elle m'amène en urgence à l'hôpital de La Rochelle, en néphrologie. Le docteur Brunet qui s'occupe de nous habituellement n'est pas là. C'est un autre néphrologue du service qui m'examine.

Août 1991
À l'attention du docteur Pelletier, médecin traitant.

J'ai reçu en hospitalisation votre malade, l'enfant Robin Delphine. [...] Depuis la néphrectomie gauche, Delphine continue à se plaindre de douleurs de la fosse lombaire droite dans un contexte d'anomalie jonctionnelle sur rein unique droit. Cette situation a justifié divers examens complémentaires qui ne m'ont pas été communiqués par la famille et que je n'ai pas retrouvés dans le dossier du service. J'ai par contre noté un épisode de fièvre atteignant 39° avec douleurs lombaires et urines foncées en juin 1991.

Récemment, le jeudi 1er août 1991, Delphine a présenté de nouveau une fièvre à 39°, sans symptomatologie urinaire basse significative, qui a justifié un traitement par Clamoxyl, après une injection de Lasilix, compte tenu d'une oligurie.

Dans le service, ce samedi 3 août 1991, j'ai noté une douleur provoquée par la palpation de la fosse lombaire droite, une diurèse normale et une apyrexie. L'examen extemporané des urines a montré l'absence d'infection urinaire, qui devrait être confirmée par le laboratoire. Les examens humoraux (urée, ionogramme, créatinine et nfs) sont normaux. L'échographie pratiquée en urgence montre un rein droit de taille normale, des cavités non dilatées, un index cortical normal, une structure un peu floue à la jonction cortico-médullaire (cet aspect pouvant correspondre à une pathologie infectieuse, mais l'échographie n'est pas un examen fiable dans ce domaine), l'absence d'uretère visible et une vessie en semi-réplétion, sans anomalie.

Compte tenu de ces données, je n'ai pas jugé utile de prolonger l'hospitalisation de cette enfant au lourd passé pathologique. J'ai simplement proposé la poursuite d'un traitement. En maintenant bien sûr le rendez-vous prévu précédemment avec le docteur Brunet, dans le service.

Docteur Chauvin, néphrologue, CH de La Rochelle.

Encore une fois, les divers examens pratiqués à l'hôpital se révèlent normaux. Cela pourrait raisonner ma mère, mais elle est convaincue de détenir la clé du problème ; les médecins qui lui démontrent le contraire sont incompétents à ses yeux.

Comme d'habitude je ne dis rien, je ne voudrais pas mettre sa parole en doute ; elle m'aime, elle me le prouve par la façon dont elle se démène pour trouver un médecin qui pourra la croire.

Elle me ramène en consultation au CHU de Nantes, l'hospitalisation en urgence à l'hôpital de La Rochelle n'ayant pas abouti.

Août 1991
À l'attention du docteur Hacquin, médecin traitant.

J'ai revu en consultation Delphine Robin qui pose le problème d'une oligurie. En fait, cette petite fille pose le problème d'une infection urinaire basse pour lequel le Clamoxyl était inefficace. La dernière scintigraphie était strictement normale, on doit innocenter complètement son rein droit.

De ce fait, elle a maintenant été mise sous Bactrime ce qui convient mieux sur le Proteus, pourtant sa débimétrie et ses urines sont parfaites aujourd'hui.

On a rassuré Delphine, et j'ai simplement demandé à la maman de venir me la remontrer dans six mois en consultation.

Docteur Brissaud, urologue, CHU de Nantes.

L'obsession d'une greffe

Maman ne sait plus quoi faire, elle se débat corps et âme pour se faire entendre.

Août 1991
À l'attention du docteur Brissaud, urologue, CHU de Nantes.

Delphine Robin présente une infection urinaire et est sous Bactrime (oligurie, douleurs lombaires à droite).
Vous allez donc la revoir pour le trouble de l'évacuation ; actuellement, cette gamine ainsi que toute la famille sont « perdues ».

Docteur Hacquin, médecin traitant.

Au milieu de tout ce tourbillon, je trouve un peu de réconfort à la rentrée. Je passe en CE1 cette fois-ci et je retourne dans mon ancienne école, auprès de mon premier instituteur. Maman a en effet quitté son précédent poste, elle travaille désormais pour les services de notre commune et se charge de l'entretien des locaux de notre école.

Je suis heureuse de retrouver M. Pic. Il est toujours aussi gentil et me traite comme les autres enfants. Il ne se moque pas de moi, ne me privilégie pas parce que je suis malade. Cela me fait du bien, je me sens normale quand je suis dans sa classe et considérée pour moi-même. Je fais énormément de fautes lorsque j'écris, compter reste assez difficile et mes additions et soustractions sont assez mauvaises. Maman s'aperçoit enfin de mes lacunes et en discute avec l'instituteur qui accepte de venir à la maison le soir après l'école pour essayer de me faire rattraper mon retard. Sa présence et son soutien me redonnent un peu confiance.

En revanche, je ne retrouve pas mes anciens amis. Ils ont continué à avancer ensemble dans une classe supérieure à la mienne. Je tente malgré tout de retourner vers eux, mais je sens que je les dérange. Quant aux enfants de ma classe, ils me paraissent trop jeunes, je n'ai pas envie de m'intéresser à eux. Les premiers mois, je reste triste et seule dans la cour, ou bien près de mon instituteur si c'est lui qui nous surveille pendant la récréation.

Octobre 1991
À l'attention du docteur Brissaud, CHU de Nantes.

Delphine Robin continue à présenter des crises douloureuses quasi permanentes sur son syndrome de la jonction à droite.
L'échographie pratiquée ce jour avec épreuve d'injection liquidienne montre par rapport aux examens précédents une dilatation des cavités calicielles.
Si cette dilatation va en s'aggravant ne doit-on pas, malgré tout, envisager une plastie ?
Je vous la réadresse donc en consultation.

Docteur Brunet, néphrologue, CH de La Rochelle.

Je me retrouve de nouveau hospitalisée, pour la première opération de mon rein droit. Ma mère ne se rend pas compte de toutes les souffrances que j'endure. Tous ces examens, toutes ces hospitalisations m'isolent du monde réel, des autres enfants. Mais ça ne l'intéresse pas, sa seule préoccupation, c'est d'arriver à me faire greffer un rein.

Octobre 1991
À l'attention du docteur Pelletier, médecin traitant.

J'ai donc hospitalisé dans le service d'urologie, le 20 octobre dernier, Delphine Robin, pour le traitement de sa sténose de la jonction pyélo-urétérale droite. J'ai longuement hésité avant d'intervenir sur cette anomalie qui me paraissait mineure. Néanmoins,

L'obsession d'une greffe

l'existence de lombalgie et le contexte social m'ont poussé à prendre cette décision qui a été en fait une décision collégiale puisque j'avais présenté ce dossier au staff du service.

L'intervention a été menée par une petite voie antérieure lombaire droite, permettant de bien objectiver la jonction pyélo-urétérale. J'ai alors réséqué cette jonction, ainsi qu'un centimètre d'uretère en aval, et refait une jonction pyélo-urétérale parfaitement perméable. J'ai alors mis, comme drainage, un drain de pyélostomie qui a permis à cette anastomose de cicatriser tranquillement. J'ai maintenu cette pyélostomie pendant dix jours, date à laquelle je l'ai clampée, puis enlevée. À l'ablation de la sonde de néphrostomie, Delphine a présenté quelques douleurs rapidement calmées par la prescription d'antalgiques. De fait, la nuit suivante a été parfaite, ainsi que toute la journée, alors que Delphine a absorbé une quantité d'eau abondante.

Je l'ai donc laissée sortir du service le 31 octobre dernier, pour son domicile. Je la reverrai en consultation le 8 janvier 1992.

Docteur Brissaud, urologue, CHU de Nantes.

Ces dix jours d'hospitalisation sont interminables pour moi. Rester seule dans ce lit d'hôpital me déprime. Je pense souvent à mes camarades, ils sont en classe, ils jouent, vivent leur vie d'enfant. Je crois que je suis la seule de mon âge à être angoissée, à avoir peur de mourir. Je me sens différente des autres à force de vivre dans ce monde d'adulte.

Maman m'appelle régulièrement, je la supplie chaque fois de venir me chercher. J'espère qu'elle va se rendre compte que tout ça m'épuise, que je me sens usée, que je n'en peux plus. Mais elle ne semble pas comprendre ma détresse, et je ne sais pas quoi faire ni quoi dire.

Quand elle me ramène enfin à la maison, je ne souhaite pas retourner à l'école tout de suite. Je crains que les autres se moquent de moi, parce que je marche un peu courbée du fait de la cicatrice qui est assez grande. Enfin, pour mes yeux de petite fille en tout cas ! Alors je reste seule chez moi, mes deux parents travaillant et mes frères étant à l'école. J'apprécie le calme, mais rapidement je m'ennuie. Je décide alors de faire le ménage, ça ne me déplaît pas et, surtout, comme ça, maman se rendra compte que je ne suis pas si malade puisque je suis capable de m'activer aussitôt après l'opération ! Mais je n'ai pas l'impression qu'elle pense comme je le souhaiterais. Son fils aîné, en revanche, ne manque pas de faire remarquer que mes problèmes de santé, « c'est du pipeau, de la comédie ». De quoi se mêle-t-il celui-là ? Je lui en veux, c'est sans doute plus facile de le détester lui plutôt que ma propre mère dont j'espère toujours que l'énergie qu'elle déploie pour moi prouve qu'elle m'aime.

« Il s'agit d'une enfant parfaitement bien portante »

Ma mère a obtenu un « 100 % longue maladie » pour ma « maladie rénale », malgré les interrogations du médecin-conseil à propos des distances kilométriques parcourues pour assurer mon suivi médical. Elle a dû comme d'habitude faire preuve d'une insistance sans faille.

De quoi lui permettre de passer sereinement les fêtes de fin d'année 1991. Nous nous rendons pour l'occasion chez un oncle, un frère de maman, en région parisienne. Mais ma mère n'accorde jamais de répit à ses obsessions.

Dans mes souvenirs, je reste couchée la plupart du temps. Ma mère me dit que j'ai de la fièvre, elle téléphone au docteur Brissaud pour lui présenter la situation, exagérant sans doute la réalité afin de la rendre inquiétante. Les fêtes auront été de courte durée, nous repartons en deux temps trois mouvements au CHU de Nantes.

Le médecin m'ausculte comme il en a l'habitude, observe mon rein à l'échographie. Et m'annonce que je dois aller au bloc de suite, que j'ai un abcès au rein. La petite fille est dans une colère profonde. En colère contre le médecin car j'ai horreur d'être prise au dépourvu, de ne pas être prévenue. C'est terrible pour moi de n'avoir pas le temps de me faire à l'idée d'une hospitalisation. J'en ai marre de toutes ces interventions, j'ai peur d'être endormie, de ne pas me réveiller. Cette énième opération m'angoisse, mais je suis obligée d'accepter, je n'ai pas le choix.

Comme d'habitude, c'est une épreuve difficile, partir au bloc me tétanise. « Ma » chambre, toujours la même, la douche, la chemise d'hôpital, les petits chaussons, le bonnet, la prémédication que je dois prendre allongée sur le lit, tout est un supplice. Je suis très tendue, j'ai tellement froid que je grelotte. La prémédication est censée me détendre, mais je suis toujours aussi effrayée.

« J'ai peur, je ne veux pas y aller », je le rabâche à maman qui est à côté de moi jusqu'à ce que l'on vienne me chercher pour aller au bloc.

Le lit roule, j'avance longtemps dans un couloir, je vois les lumières au-dessus de moi défiler doucement. Les infirmiers qui poussent le lit discutent de choses banales, de leur vie, de leur travail... Moi, je suis figée, terrifiée par ce qui m'attend.

On arrive devant la porte du bloc, l'équipe qui m'accompagne sonne, se présente, les portes s'ouvrent.

Les infirmières doivent remarquer que je suis inquiète, elles tentent de me rassurer, elles me parlent doucement, gentiment, elles me caressent le front, mais cela ne m'apaise pas du tout, je me fiche de leur gentillesse, je veux partir d'ici ! Je n'aime pas qu'elles me disent à la vue de mon dossier, qui est posé au pied de mon lit :

« Tu dois avoir l'habitude, tu sais comment ça se passe, n'aie pas peur, détends-toi. »

On me transporte sur la table d'opération, je tremble de froid ou de peur. Je veux voir tout ce que l'on me fait, je regarde tout, j'ai l'impression que ça grouille de monde autour de moi, je ne sais pas s'il y a vraiment autant de gens ou si c'est mon imagination qui me joue des tours.

On me met une perfusion, on me demande de tourner la tête pour ne pas que je puisse voir la piqûre, mais je ne crains pas les aiguilles, je veux regarder. On colle des patchs ronds et froids sur ma poitrine, on y branche des fils, on met une pince à mon doigt, un brassard à mon bras pour la tension, on pose un drap tout chaud sur mon corps nu, complètement gelé.

Je demande que l'on me prévienne quand on va m'anesthésier. Je veux savoir, être prête, je déteste ce moment même s'il est très court ; je me sens partir, c'est une sensation très désagréable.

Avant de m'endormir, je vois M. Brissaud qui revêt sa blouse de chirurgien. Il m'adresse un petit mot avec le sourire, ça me touche, mais moi je n'ai pas envie de sourire du tout ; même si c'était le cas, je crois que je ne pourrais pas tellement je suis tendue.

Le retour du bloc est catastrophique ; chaque fois je vis le même enfer : je vomis, j'ai vraiment mal à mon rein, à la cicatrice. J'ai mal à la gorge aussi, ils ont dû m'y insérer un tuyau pendant que je dormais.

Quand j'arrive dans ma chambre, maman est là, elle m'attend, assise sur une chaise. Les barrières de mon lit sont montées, je ne cesse de me tourner à gauche, à droite, en m'y cramponnant, j'ai mal au dos sans que maman ait eu besoin de me frapper.

« J'ai peur, j'ai mal, va leur dire que j'ai mal, s'il te plaît ! »

Mais maman ne réagit pas vraiment.

« C'est normal, tu viens juste d'être opérée, on vient de toucher à ton rein. Il doit y avoir ce qu'il faut pour calmer la douleur dans ta perfusion », se contente-t-elle de me répondre.

Janvier 1992
À l'attention du docteur Pelletier, médecin traitant.

J'ai donc réussi à réhospitaliser Delphine dans le service d'uro-logie, à l'effet de savoir ce qu'il en était réellement de ce problème rénal droit. Ma première surprise, lorsque je l'ai vue, était de la trouver en bon état général, alors que la maman m'envoyait des signaux journaliers et que le chiffre de créatinine nous faisait penser à l'institution d'une insuffisance rénale.

« Il s'agit d'une enfant parfaitement bien portante »

J'ai vu les dernières échographies et l'artériographie, qui m'ont incité à hospitaliser Delphine afin de tirer cette histoire complètement au clair.

Pour ce faire, nous avons, sous anesthésie générale, premièrement effectué un bilan sanguin qui a d'emblée été rassurant, puisque le chiffre de créatininémie que nous avons noté, était de 48 mmol (la normale étant entre 30 à 75). D'autre part, nous avons mis en place un drain de néphrostomie à droite sous échographie, ce qui nous a permis de prélever des urines afin de les envoyer pour analyse ; deux constatations ont pu alors être faites : premièrement, il n'y avait aucune pression dans cette cavité pyélo-calicielle, donc a priori aucun obstacle mécanique ; deuxièmement, les urines étaient parfaitement claires et ne faisaient pas urines infectées. Nous avons laissé en place cette néphrostomie, refait un bilan sanguin qui a confirmé le premier, et deux jours plus tard, j'ai donc réalisé une opacification par ce drain de néphrostomie, qui a montré un bon remplissage des cavités pyélo-calicielles, des passages relativement faciles au niveau de la jonction pyélo-urétérale et une bonne opacification de l'uretère sous-jacent.

En conclusion, Delphine n'a actuellement aucun problème rénal : absence d'insuffisance rénale, absence d'infection parenchymateuse rénale droite, absence d'obstruction au niveau de la jonction pyélo-urétérale droite.

Je suis pour ma part tout à fait rassuré, puisque je commençais à trouver la situation un petit peu difficile avec ces coups de téléphone incessants, toujours dramatisants, et manifestement j'avais du mal à situer le problème. Actuellement, nous pouvons dire qu'il s'agit d'une enfant parfaitement bien portante sur le plan urologique. J'ai simplement demandé à Mme Robin de nous remontrer Delphine d'ici à un an, afin de surveiller de manière classique sa jonction pyélo-urétérale. Il est maintenant absolument certain que la situation est parfaitement stable.

Docteur Brissaud, urologue, CHU de Nantes.

Je comprends qu'à l'époque M. Brissaud nous a menti, qu'il a prétexté cet abcès au rein pour pouvoir effectuer des examens bénins sous anesthésie générale, permettant de mettre en évidence le bon fonctionnement de mon rein. A-t-il voulu que cela soit fait à l'hôpital, sans que maman puisse participer à quoi que ce soit, pour me protéger ?

Maman a-t-elle su que je n'avais pas été opérée d'un abcès au rein ?

Comment M. Brissaud a-t-il fait pour que cette opération ait toute l'apparence d'avoir vraiment eu lieu ? La cicatrice ? Le pansement ?

Ma mère soulève toujours les draps quand je reviens du bloc, elle examine mon pansement, la sonde... Elle aurait dû se rendre compte de quelque chose, non ?

Elle attend de voir M. Brissaud qui passe toujours dans l'après-midi après l'intervention. Ensuite, elle rentre à la maison, prétextant qu'elle doit s'occuper des deux autres. Je ne m'aperçois pas trop de son absence, je dors quasiment tout le reste de la journée.

Les jours suivants me paraissent longs, je suis abandonnée là, toute seule. Mes compagnons se résument à la télévision, mon livre de coloriage et les infirmières. Je demande qu'on laisse toujours la porte grande ouverte, je me sens moins seule, la salle où se réunissent les infirmières se trouvant juste en face de ma chambre.

Les journées se déroulent presque toujours de la même manière, tout est réglé comme sur du papier à musique.

Je me réveille de bonne heure le matin, j'entends les infirmières qui parlent dans le couloir. On m'apporte le petit déjeuner, je mange dans mon lit, toute seule.

Un peu plus tard dans la matinée, on vient me faire ma toilette. Je déteste ce moment. Je reste couchée dans mon lit, les infirmières me lavent avec un gant qu'elles mouillent dans une cuvette, elles me lavent de la tête aux pieds. Elles me tournent sur le côté pour me laver le dos, ensuite elles me passent l'eau de Cologne laissée par maman ; c'est froid, et je n'aime pas cette odeur. C'est vraiment un moment humiliant, je voudrais leur dire de me laisser tranquille, je voudrais téléphoner à maman pour qu'elle vienne me chercher, mais je les laisse faire sans protester, je reste silencieuse. Je me sens malheureuse. J'aimerais mieux être chez moi, me laver toute seule, aller à l'école.

Vient le moment du pansement, difficile également. J'appréhende les soins que l'on vient me prodiguer et je pose beaucoup de questions pendant que l'infirmière s'occupe de moi. Avant qu'elle n'arrache le pansement pour nettoyer ma cicatrice, je lui demande si cela va me faire mal ; quand elle tire légèrement sur quelque chose qui ressemble à un morceau de caoutchouc pour le faire bouger, je lui demande si on va me l'enlever aujourd'hui, ainsi que ma perfusion. Elle s'occupe aussi de vider ma poche pipi : il y a un trou juste à côté de ma cicatrice avec un tuyau et une poche où les urines sont recueillies. Elle colle alors un nouveau pansement. Pour finir, elle change mes draps ; durant ce temps, soit je reste couchée dans mon lit, soit je m'assois dans un fauteuil, à côté du lit. Les infirmières me disent que je suis une petite fille très courageuse. Le compliment me fait plaisir, mais je ne réponds rien, j'esquisse seulement un petit sourire de politesse.

En fin de matinée, c'est la visite du médecin. M. Brissaud passe dans ma chambre avec plusieurs personnes, l'infirmière et des étudiants. Il me pose quelques questions afin de savoir si je vais bien, si j'ai bien dormi, si j'ai des douleurs. Je réponds par des hochements de tête et un petit sourire.

À l'heure du déjeuner, les infirmières viennent me demander si je veux me lever pour aller manger dans la salle de jeux, qui se situe entre les deux chambres d'enfant du service. Je refuse toujours, je veux rester dans mon lit, je veux qu'on me laisse tranquille.

L'après-midi est long : plus rien ne se passe, je reste allongée à regarder la télé, faire du coloriage, dormir, pleurer... Je suis triste, perdue, désemparée.

En milieu d'après-midi, on vient me proposer un goûter mais je n'ai pas faim, ni soif. Elles insistent pour que je prenne quelque chose à boire, alors je prends un jus de fruit.

Dans la soirée, maman téléphone sur le poste des infirmières, celles-ci me passent la communication dans ma chambre. Si je trouve le temps long avant son appel, je demande aux infirmières de pouvoir lui téléphoner. Parfois elles refusent, m'expliquent qu'il faut que je sois patiente, mais il est déjà arrivé qu'elles acceptent de me donner le combiné pour que je devance l'appel de maman.

À chaque fois que je l'ai au téléphone, je pleure. Je les imagine, tous les quatre, mes parents et mes frères, comme ils doivent être bien ensemble à la maison. Je la supplie de venir me chercher tout de suite. Elle me répond que ce n'est pas possible, que c'est loin, mais que bientôt elle va venir.

Je me retrouve seule devant mon repas du soir, je n'ai pas faim mais je me force.

L'heure de dormir arrive, mais je ne veux pas être dans le noir, je ne veux pas ne plus entendre un bruit, être seule. Je garde toujours la porte de la chambre et le volet de la fenêtre ouverts. La ville de Nantes tout illuminée est belle et m'apporte un peu de réconfort. Je laisse aussi la télé allumée pour que cela fasse une présence.

Au cours de la nuit, je suis réveillée plusieurs fois par la venue des infirmières qui s'assurent que tout va bien, tension, perfusion…

Je me souviens d'une nuit où je suis très agitée. Je n'arrête pas d'appeler les infirmières, je ne veux pas être seule, je veux rentrer chez moi tout de suite, je veux absolument téléphoner à maman pour qu'elle vienne me chercher. Tant pis si c'est loin, je me fiche qu'il soit tard pour lui téléphoner, si elle est fâchée parce que je la réveille, je veux vraiment qu'elle vienne me chercher ce soir !

Finalement une infirmière reste un moment près de moi, elle s'assoit à côté de mon lit et me tient la main jusqu'à ce que je me rendorme. Maman ne fait jamais ça quand j'ai peur de dormir ; elle ne se lève même pas pour venir me voir quand je l'appelle au milieu de la nuit.

On m'enlève le bout de « caoutchouc » le jour de ma sortie. C'est une bonne nouvelle en même temps qu'un moment très redouté. J'écoute les pas qui se rapprochent de ma chambre, je

« Il s'agit d'une enfant parfaitement bien portante »

ne suis pas pressée que l'infirmière arrive. Quand on m'enlève ce drain, ou la sonde, j'ai la sensation que l'on retire tout ce qui se trouve dans mon ventre. Je suis crispée, tendue, j'ai peur d'avoir mal, j'ai chaud.

L'ambulancier me raccompagne à la maison. Je suis seule avec lui. Maman n'est pas venue me chercher.

« Syndrome de Münchhausen by proxy »

13 février 1992
À l'attention du docteur Pelletier, médecin traitant.

Je revois en consultation Delphine qui, sur le plan rénal pur, ne pose en fait que peu de problèmes.

En effet, la fonction rénale, actuellement, est normale.

J'ai refait une échographie de contrôle qui montre un rein normal [...]. Il existe de bons passages urétéraux et une bonne contraction urétérale.

Il persiste toujours le problème des douleurs qui sont surtout postérieures au niveau de la loge lombaire, et on ne peut pas exclure un problème neurologique, en particulier d'atteinte d'un nerf intercostal.

J'ai demandé à Mme Robin que l'on se donne du temps afin de voir comment les choses vont évoluer. Je reverrai Delphine tout au moins à la fin de l'année scolaire, pour voir si l'on ne peut pas tenter un blocage anesthésique du nerf intercostal, par injection cutanée.

Si ce blocage par la Xylocaïne ou par un mélange Xylocaïne/ Marcaine est positif, il serait certainement alors intéressant de voir le docteur Biron, afin d'effectuer une alcoolisation de cette racine neurologique. Je pense que ceci est une solution beaucoup plus intéressante que de prévoir une quelconque chirurgie qui a peu de chance de succès.

Docteur Brissaud, urologue, CHU de Nantes.

À cette période-là, maman continue toujours de parler de dialyse, de greffe, de don d'organe...

« Tes frères pourraient éventuellement te faire don d'un de leurs reins », me dit-elle dit un jour.

Je suis furieuse, il est hors de question qu'on me greffe un rein, et encore moins un rein de son fils aîné ! Je trouve qu'elle est folle d'imaginer cet adolescent que je déteste me donner un de ses organes, pourri en plus par la cigarette et la drogue. Je ne veux rien qui vienne de lui, ni rien qui vienne de personne d'autre d'ailleurs. Je veux vivre pour toujours avec mon rein unique.

Elle se met aussi en tête que j'ai des problèmes de diabète. Elle voit régulièrement un médecin pour elle-même, il y a apparemment des antécédents dans sa famille et elle aurait un diabète traité par médicament, à la suite du choc subi à la mort de sa mère, prétend-elle.

28 février 1992
À l'attention du docteur Pelletier, médecin traitant.

J'ai vu ce jour en consultation Delphine Robin, 9 ans.

Cette jeune fille présente le problème d'un état diabétique découvert récemment avec, le 7 février, une glycémie à jeun à 1,49 g/l et, le 19 février, une valeur mesurée dans les mêmes conditions à 1,52 g/l. De nombreux antécédents de diabète non insulino-dépendant dans sa famille (sa mère, sa tante, son grand-père maternel). Il n'y a pas d'amaigrissement. L'examen clinique n'apporte pas d'information complémentaire.

L'âge de cette patiente plaiderait en faveur d'une insulino-dépendance. Les antécédents familiaux, l'absence de signe clinique d'insulinopénie, la stabilité des valeurs glycémiques à quinze jours d'intervalle et l'absence d'acétonurie, plaident par contre en faveur d'une non-insulino-dépendance.

Delphine est actuellement très réticente à une nouvelle hospitalisation du fait de ses antécédents rénaux. Nous avons toutefois convenu d'une hospitalisation de jour, un mercredi, afin de mettre au point les mesures diététiques à préconiser, d'apprendre à Delphine et à sa mère la technique d'autosurveillance glycémique et d'introduire probablement dans un premier temps un traitement par antidiabétique oral en utilisant de préférence un traitement adéquat en cas d'insuffisance rénale.

Docteur Gallais, diabétologue, CH de La Rochelle.

Pas besoin de nous apprendre la technique d'autosurveillance glycémique, ma mère est déjà équipée d'un appareil pour vérifier sa glycémie à la maison. Avant même d'aller voir ce médecin, c'est devenu sa nouvelle obsession. Elle me pique régulièrement le bout des doigts pour contrôler mon taux de sucre. Je dois avouer qu'au début, cela m'amuse ; mais à la longue, j'en ai vraiment ras le bol, d'autant que je vois bien qu'elle se prend au jeu. Elle y croit dur comme fer, elle en parle tout le temps : je suis diabétique, c'est héréditaire ! Il me semble que cela lui fait plaisir, je trouve cela étrange qu'elle se réjouisse de mes maladies.

D'après l'étude de mes dossiers médicaux, M. Brissaud n'a pas été mis au courant de cette consultation chez le diabétologue. Il continue de découvrir dans mes urines un « microbe », de me prescrire des sirops et des comprimés.

4 mai 1992
À l'attention de Madame Robin.

Pendant que nous attendions désespérément d'avoir un examen cytobactériologique des urines chez Delphine, j'ai soumis le dossier

« Syndrome de Münchhausen by proxy »

au service de néphrologie, afin de savoir ce qu'il pensait du problème d'albuminurie présenté par Delphine.

Cette albuminurie commence à être importante et deux étiologies peuvent être retenues :

La première est celle d'une origine diabétique, peu vraisemblable à l'heure actuelle.

La deuxième serait que cette albuminurie provienne du reflux vésico-urétéral que présentait Delphine, et que les pertes en protéines soient liées uniquement aux anomalies entraînées par ce reflux, ce qui est assez souvent visible.

Pour faire le point, le néphrologue aimerait que vous réalisiez un certain nombre d'examens biologiques chez Delphine. L'ensemble de ces examens est consigné sur l'ordonnance que je vous adresse. En ce qui concerne le recueil des urines sur vingt-quatre heures, je vous envoie une feuille complémentaire qui vous explique comment réaliser ces examens. Nous attendons donc ces résultats afin de prendre une décision.

Docteur Brissaud, urologue, CHU de Nantes.

M. Brissaud présente mon dossier à un néphrologue du service de néphrologie du CHU de Nantes parce qu'il commence à douter de la crédibilité de ma mère. Il commence à mettre en place une stratégie pour la « piéger » dans son élan.

8 juin 1992
À l'attention du docteur Hacquin, médecin traitant.

J'ai vu en consultation l'enfant Robin Delphine que vous m'avez adressée pour une échographie rénale, en raison d'une anurie depuis trois jours d'après les parents.

C'est une enfant qui a été opérée d'une néphrectomie gauche en février 1991 à Nantes pour un problème de syndrome de jonction et de reflux vésico-urétéral, après une première opération à La Rochelle en 1987.

À l'entrée, elle a eu envie d'uriner, il y a eu 280 ml d'urine.

L'examen clinique montre une discrète douleur à la palpation au niveau du flanc à gauche et à droite.

Il n'a pas été nécessaire de faire une échographie rénale.

Docteur Antonescu, pédiatre, hôpital de Rochefort.

Je ne me souviens pas de cette consultation, pourtant maman devait être furieuse, je n'ai pas obéi à ses consignes habituelles. C'est un signe de plus qui resserre l'étau autour de ses mensonges.

Le doute de M. Brissaud sur la véracité des symptômes invoqués par maman l'amène à présenter mon dossier à deux médecins de l'hôpital mère et enfant du CHRU (centre hospitalier régional universitaire) de Nantes : le docteur Gauthier, néphropédiatre, et le docteur Carrez, pédopsychiatre.

22 juillet 1992
À l'attention de Madame Robin.

Je souhaiterais revoir en consultation Delphine avec le docteur Carrez pédopsychiatre.

Si cette date ne vous convenait pas, il faudrait m'écrire, vous ne pourrez pas me téléphoner car je pars en congés.

J'espère que Delphine va bien.

Docteur Gauthier, spécialiste en néphrologie pédiatrique,
hôpital mère et enfant, CHRU de Nantes.

10 août 1992
Monsieur le docteur Gauthier,

Je réponds à votre courrier, nous ne pourrons pas venir le 21 août car je travaille juste depuis le 1ᵉʳ juin alors je ne peux pas trop demander, alors j'ai annulé le rendez-vous.

J'ai eu M. Brissaud au téléphone, on s'est expliqués : je ferai une prise de sang et urine tous les trois mois et je lui enverrai l'original, et on ira le voir tous les mois en consultation, on s'est entendus comme cela, il m'a envoyé une ordonnance pour examen sanguin et urinaire, il aura l'original et on a rendez-vous le 9 septembre 1992 en consultation avec lui. Vous serez au courant par M. Brissaud. Delphine va bien, elle profite bien des vacances, on va à la plage, on va se promener... à part qu'elle a des brûlures et des fuites urinaires, mais de rien du tout. Quant au docteur traitant, vous m'avez donné votre parole de pas en parler, je ne veux jamais lui dire, je compte sur votre parole, puisqu'on s'est arrangés avec M. Brissaud, je lui enverrai tous les originaux des examens.

Alors je compte sur vous, merci.

Madame Robin.

Maman comprend de quoi il retourne. Elle refuse l'idée d'une consultation en présence d'un psychiatre. Elle semble contrariée, inquiète.

11 septembre 1992
À l'attention du docteur Hacquin, médecin traitant.

Je vois ce jour Delphine en consultation. La situation, sur le plan clinique, est tout à fait satisfaisante. L'ECBU montre toujours quelques germes mais sans que ceci ait d'incidence et je suis parfaitement d'accord avec vous pour ne pas traiter. Sur le plan biologique, la situation est tout à fait rassurante également.

L'échographie montre un rein droit sans dilatation importante du bassinet. J'ai donc expliqué à Mme Robin que, pour l'instant, nous nous en tenions là, que je ne reverrai Delphine qu'à l'été prochain pour voir si la situation évolue bien.

J'adresse par ailleurs les résultats des examens biologiques au docteur Gauthier, urologue pédiatre, pour qu'il confirme mon sentiment.

Docteur Brissaud, urologue, CHU de Nantes.

14 septembre 1992

À l'attention du docteur Brissaud, urologue, CHU de Nantes.

Comme j'ai eu déjà l'occasion de vous le dire oralement, j'ai donc vu en juillet dernier Melle Robin Delphine que vous m'aviez adressée pour une insuffisance rénale avec « anurie » constatée par la maman.

L'examen de ses antécédents fort chargés, ainsi que l'étude des feuilles de laboratoire amenées par la mère ont permis de porter facilement le diagnostic de syndrome de Münchhausen by proxy. En effet, sur la feuille des examens entrepris le 29 juin 1992 on remarquait que la créatinine avait été modifiée et qu'un « 2 » avait été ajouté devant le 6,7 mg/l, ce qui, bien sûr, changeait considérablement le problème ; d'ailleurs Mme Robin a très rapidement « avoué » ces modifications de créatinine. Il en va de même avec le sodium lors de l'examen du 17 juin 1992 puisque la natrémie était à 185 mmol/l, ce qui bien entendu était tout à fait incompatible avec les données cliniques...

Cette histoire assez extraordinaire nécessite une prise en charge par nos collègues psychiatres.

En effet, la lourdeur des thérapeutiques initialement entreprises et les perturbations que cette enfant a subies ne peuvent se régler par un simple suivi en consultation urologique.

J'ai reçu le 10 août 1992 une lettre de Mme Robin me disant que Delphine allait être de nouveau suivie par M. Brissaud et qu'elle devait le revoir le 9 septembre prochain avec des consultations régulières chez lui. Je crois en fait que le problème majeur de Mme Robin est qu'elle s'oblige, pour elle-même, à un suivi psychiatrique et je lui réécris donc que je souhaite la revoir avec mon collègue de pédopsychiatrie, le docteur Carrez, fin août. Il faut qu'elle vienne absolument à la consultation.

Si Mme Robin ne venait pas en consultation, je pense alors qu'une mesure d'action sociale serait prise afin de limiter tout effet néfaste de cette maman fort perturbée sur son enfant.

Docteur Gauthier, spécialiste en néphrologie pédiatrique,
hôpital mère et enfant, CHRU de Nantes.

« Cette enfant et cette famille doivent être encadrées »

Ma mère va éviter pendant des semaines la confrontation avec le docteur Gauthier et le docteur Carrez, ne répondant pas aux relances, ou bien annulant au dernier moment les rendez-vous fixés. Elle sent que le vent tourne et que l'étau se resserre autour d'elle.

19 octobre 1992
À l'attention de Madame Robin.

J'ai bien reçu votre message me demandant d'annuler la consultation du 8 octobre 1992 avec nous.

Néanmoins il me paraît indispensable que je puisse voir Delphine et vous-même avec le docteur Michel Carrez avant le 1ᵉʳ novembre prochain. Dans ces conditions je vous demande de prendre un rendez-vous de consultation le plus rapidement possible.

En l'absence de réponse favorable de votre part, je serai dans l'obligation d'entreprendre toute action que je jugerai utile pour préserver la santé de Delphine.

Docteur Gauthier, spécialiste en néphrologie pédiatrique,
hôpital mère et enfant, CHRU de Nantes.

Maman n'a plus le choix. Nous rencontrons les deux médecins fin décembre.

Lors de l'entrevue, ils demandent à parler seul à seul avec ma mère. Je sens qu'ils ne l'apprécient pas beaucoup, leur colère froide est si perceptible qu'elle s'ancre dans ma mémoire d'enfant, alors même que je n'ai aucun souvenir de leur apparence physique. Je comprends que quelque chose de grave est en train de se passer. Je refuse de laisser ma mère, je résiste pour rester dans le bureau, mais les médecins sont plus forts que moi. Je me retrouve à l'extérieur de la pièce, je m'accroche désespérément à la poignée fermée, je pleure.

La petite fille se demande s'ils vont punir sa mère à cause de ce qu'elle a fait, il y a quelques semaines, avec son fils aîné. Alors que je n'étais pas à l'école, ils se sont installés à la table de la salle à manger. Maman tient les derniers résultats du laboratoire d'analyses et une gomme à double face. Je suis dans le canapé, je fais semblant de regarder la télé, le coin de l'œil vissé sur eux, l'oreille aux aguets. À la façon dont ils se comportent, j'ai le sentiment qu'ils complotent quelque chose.

« Tu es sûr que ça ne se verra pas ? » demande ma mère à son aîné.

Je ne leur pose aucune question, mais j'ai bien compris qu'ils falsifiaient mes résultats.

23 décembre 1992

À l'attention du docteur Gauthier, néphropédiatre, CHU de Nantes, pour transmission à la juge des enfants.

Il s'agit d'une enfant qui a été suivie maintenant assez longuement par le docteur Claude Gauthier et qui a connu une série de péripéties assez tragiques. C'est-à-dire qu'après des douleurs paralombaires chroniques, après un essai d'analgésie périrénale, elle a perdu un rein et une néphrectomie a dû être effectuée.

Le tout s'insère à l'heure actuelle indubitablement dans un syndrome de Münchhausen.

La consultation d'aujourd'hui est prévue de longue date, mais il a fallu que nous convoquions cette mère à plusieurs reprises avant qu'elle donne suite.

La consultation doit permettre d'avancer un peu et d'obtenir en particulier que mère et fille puissent être désormais suivies.

En effet, il est inconcevable de les « laisser dans la nature ». Cette enfant et cette famille doivent être encadrées et en particulier par les services du juge des enfants afin que l'on ne se lance pas à nouveau dans une escalade thérapeutique ou plutôt iatrogène.

La mère s'est faite finalement depuis longtemps à l'idée de ses propres problèmes et, comme cela est assez typique, lorsque nous commençons à dérouler la réalité, elle poursuit d'elle-même et explique comment elle a trafiqué les résultats qu'elle présentait à Claude Gauthier en matière de créatininémie.

Il va donc être prévu une triple intervention au niveau du juge des enfants, du médecin généraliste et de l'intersecteur de psychiatrie infantile.

En effet, nous apprenons que Delphine est une enfant extrêmement craintive et toujours extrêmement proche et « collée » à sa mère.

Nous apprenons également que le grand garçon de la famille a des problèmes de type renvois scolaires successifs et troubles du comportement. Dans de tels cas je préfère un petit peu « devancer » les événements avant qu'éventuellement ils ne surviennent et j'aborde avec cette femme le problème de ses réactions à l'entretien d'aujourd'hui en lui disant que je ne voudrais pas non plus qu'elle « fasse des bêtises ». Elle comprend ce que je veux dire par là et me répond qu'il n'est pas question qu'elle se suicide. Elle a prévu de retourner voir un psychiatre près de chez elle.

« Cette enfant et cette famille doivent être encadrées »

Elle va elle-même, selon nos conseils et selon toute probabilité, prévenir le juge des enfants tandis que nous le ferons de notre côté.

Docteur Carrez, pédopsychiatre.

Cette période marque un véritable changement pour moi et pour l'ensemble de ma famille. Ce n'est plus mon cas que les médecins examinent, mais celui de ma mère qui, peu à peu, perd pied. La réalité la rattrape et notre foyer devient un objet de préoccupation judiciaire.

13 janvier 1993
À l'attention de la juge des enfants, tribunal de grande instance de Rochefort.

Nous venons par la présente porter à votre attention le cas de l'enfant Robin Delphine.

Cette enfant a été prise dans le processus de ce que nous appelons médicalement un « syndrome de Münchhausen by proxy ».

C'est-à-dire que sa maman a déformé plusieurs examens médicaux consécutifs et formulé à la place de sa fille des plaintes successives. Ces plaintes portaient sur l'appareil urinaire. Tant et si bien que de fil en aiguille une série d'examens ont été proposés qui ont abouti a une infiltration d'une zone périrénale, infiltration qui s'est elle-même compliquée et qui a nécessité l'ablation d'un rein.

Nous rencontrons régulièrement de tels cas.

Il nous a semblé important que vous puissiez recevoir et aider cette famille car nous ne voyons pas comment il ne pourrait pas y avoir de surveillance ou de protection de l'enfant.

Nous avons conseillé à Mme Robin de prendre contact avec vous, ce qu'elle a peut-être fait à l'heure ou nous vous écrivons.

L'enfant est par ailleurs inhibée, anxieuse ; elle a besoin d'une aide pédopsychiatrique. C'est à ce propos que j'ai informé le docteur Florent, chef de service à l'hôpital de Saintes en psychiatrie de l'enfant.

Docteur Gauthier, spécialiste en néphrologie pédiatrique et docteur Carrez, pédopsychiatre.

15 janvier 1993
À l'attention du docteur Hacquin, médecin traitant.

J'ai revu en consultation Delphine Robin le 28 décembre dernier. Je ne vous avais pas informé de ses problèmes médicaux jusqu'ici à la demande de Mme Robin qui ne souhaitait pas que soit divulgué le dernier diagnostic porté chez sa fille et chez elle. En effet, lorsque j'ai été amené à voir pour la première fois en septembre 1992 Delphine à la demande de mes collègues d'urologie, je me suis rapidement rendu compte que nous étions devant un syndrome de Münchhausen by proxy. Vous trouverez d'ailleurs le double de la lettre envoyée le 14 septembre 1992 au Professeur Brissaud. En effet, Mme Robin avait falsifié les résultats de la créatinine, et je pense que toute l'histoire antérieure concernant les problèmes rénaux qu'a présentés sa fille est en rapport avec des motifs invoqués par la maman et par la fille et non avec des motifs réels de maladie somatique.

Après une entrevue avec le pédopsychiatre, le docteur Carrez, il a été convenu de prévenir le juge des enfants. Vous trouverez d'ailleurs ci-joint le double de la lettre envoyée à celui-ci et consignée par moi-même et le docteur Carrez, pédopsychiatre au CHU de Nantes.

Il est donc important que vous puissiez faire un suivi régulier de Delphine, tout en connaissant le contexte. Je crois que l'environnement familial est très fragile et nécessite de votre part un appui régulier. Il est d'ailleurs aussi prévu un soutien psychiatrique par un pédopsychiatre de Saintes pour Delphine.

« Cette enfant et cette famille doivent être encadrées »

Au total : syndrome de Münchhausen by proxy, absence d'atteinte somatique véritable rencontrée chez Delphine, troubles « inventés par la mère ».

Docteur Gauthier, spécialiste en néphrologie pédiatrique, hôpital mère et enfant, CHRU de Nantes.

Le docteur Gauthier alerte également l'éducateur qui doit me rencontrer et lui communique l'ensemble des échanges qui ont eu lieu entre notre médecin traitant et le Professeur Brissaud.

La situation devient de plus en plus compliquée à la maison, je ne comprends pas vraiment ce qui se passe, mais je me rends compte que maman se fait du souci, j'entends parler de séparation, d'aller vivre ailleurs, de quitter ma famille. Cette perspective me terrorise, je veux rester à la maison.

Déjà plus ou moins dépressive, je vois ma mère prendre des cachets de plus en plus souvent. Il arrive aussi qu'elle se réveille la nuit, complètement paniquée. Depuis ma chambre, j'entends tout. Le médecin vient, fait une piqûre, la rassure et repart. Je serais malheureuse de la laisser tomber, de lui donner des raisons supplémentaires d'être angoissée si je devais m'en aller. Les médecins souhaitent peut-être cette séparation ; pour mon bien, ils jugent cela utile, mais ils ne pensent pas vraiment à maman, comme elle sera triste. Ils ne savent pas à quel point elle n'est pas bien. Je l'entends parler de mort : « Je serais mieux si je n'étais plus là, je ne ferais plus chier personne.. »

Je ne veux pas qu'elle fasse une bêtise à cause de moi.

9 juin 1993
À l'attention du docteur Carrez, pédopsychiatre au CHU de Nantes.

J'ai reçu votre courrier concernant la jeune Delphine Robin pour laquelle vous parliez d'un syndrome de Münchhausen by proxy.

Face à la perplexité de mon équipe mais aussi du service du juge des enfants, je suis amené à vous demander des éléments beaucoup plus précis concernant l'histoire clinique et la succession des incidents ayant amené à l'exérèse du rein gauche.

J'ai reçu Mme Robin et sa fille, la situation m'apparaît d'autant plus préoccupante qu'une nouvelle intervention rénale sur le rein restant est envisagée et que Mme Robin envisage tout à fait une greffe à l'avenir.

Ainsi donc pour me permettre de travailler avec la famille et les services appelés à la rencontrer, je vous serais très obligé de bien vouloir m'adresser un résumé clinique extrêmement complet, ou, de préférence, me communiquer le dossier à titre confidentiel si cela vous est possible.

Docteur Florent, pédopsychiatre à l'hôpital de Saintes.

Je n'ai pas souvenir de ce médecin, mais je ne suis pas étonnée de sa perplexité face à ce diagnostic. Difficile de croire qu'un médecin en arrive à enlever le rein d'une petite fille à cause d'une maman manipulatrice.

11 juin 1993
À l'attention du docteur Hacquin, médecin traitant.

Je vous avais adressé récemment un courrier concernant l'enfant Delphine Robin, dont vous êtes le médecin généraliste.

Cette enfant présente un sérieux problème tant sur le plan organique que psychologique.

Vous avez dû être mis au courant du diagnostic porté au CHU de Nantes sur une pathologie relationnelle mère fille.

J'ai pu prendre contact avec Mme Robin et sa fille et je tiens avant toute chose à vérifier le bien-fondé de ce diagnostic.

Pourriez-vous me donner un certain nombre d'informations concernant quelques éléments sur le dossier médical et les

« Cette enfant et cette famille doivent être encadrées »

circonstances ayant amené à l'exérèse rénale chez l'enfant ? Je pense effectivement que Delphine a besoin d'un travail psychothérapique pour l'aider à résoudre son anxiété envahissante.

Docteur Florent, pédopsychiatre à l'hôpital de Saintes.

D'après mes souvenirs j'ai été amené à voir une psychologue au Centre d'aide médico-psychologique à l'enfance (CAMPE) de Marennes. Peut-être était-ce par l'intermédiaire de ce pédopsychiatre, le docteur Florent ?

J'ai le sentiment qu'elle pense que ce que fait maman pour moi n'est pas bien ; la petite fille que je suis ne veut pas que quiconque pense cela, je veux qu'elle soit vue par les autres comme une maman aimante et attentionnée. Moi seule, j'ai le droit de penser qu'elle exagère parfois les événements, mais je prends toutes les précautions qui me sont possibles pour la protéger des personnes qui la jugent négativement. Aussi, dès la première consultation je veux fuir, ne plus avoir affaire à cette psychologue. Je commence à me lever de ma chaise, mais me rassois aussitôt. L'enfant sage prend le dessus : c'est à elle de me dire quand je dois partir.

« Tu veux partir Delphine ? » me demande la psychologue du CAMPE.

« Non, non, je me rassois bien. »

Lorsque je la revois, elle me demande si mes infections urinaires arrivent à des moments bien particuliers. Je fais mine de ne pas comprendre la question, alors elle la précise : « Elles surviennent à des jours bien particuliers de la semaine ? » Là, vraiment, je trouve cela absurde. Pourquoi y aurait-il des jours particuliers ? Je comprends qu'elle veut me faire dire des choses qui amèneront à l'éloignement de ma mère. Moi, je continue de croire que maman ne pourrait jamais me faire de mal, malgré ce qu'ont l'air de penser tous les gens que nous rencontrons en ce moment. C'est elle qui a raison, c'est la psy qui n'est vraiment pas bien ! Cette fois, je me lève de ma chaise sans la prévenir, je sors

vite du bureau et je lance à maman qui m'attend sur le palier :
« Vite, on s'en va ! »

6 septembre 1993
À l'attention du docteur Florent, pédopsychiatre.

Monsieur le docteur,
Je viens de recevoir un courrier me donnant un rendez-vous vendredi 17 septembre 1993 à 9 h 30 pour ma fille Delphine. Il se trouve que l'on reprend une nouvelle année scolaire et je ne tiens pas à ce que Delphine manque les cours car elle est déjà assez en retard. J'aimerais des rendez-vous en dehors des heures scolaires (mercredi ou vacances scolaires). Delphine ne voulait pas aller aux derniers entretiens avec la psychologue du CAMPE, est-ce bien utile de continuer contre son gré ? Veuillez, s'il vous plaît, nous tenir au courant.

Madame Robin.

J'ai probablement continué à évoluer en préférant refouler mes douleurs émotionnelles. Sûrement est-ce le seul moyen de survie dans une situation insupportable. Tous ces souvenirs, cette impuissance, cette humiliation occasionnée par tous ces examens où à chaque fois je me retrouvais dénudée devant maman et devant les médecins, j'avais envie de hurler mais je ne pouvais pas, j'avais envie de dire à maman que je préférerais que cela s'arrête, qu'elle m'énerve à mentir, à exagérer. mais je n'y arrivais pas non plus.

J'idéalisais maman, j'étais persuadée qu'elle m'aimait, sinon pourquoi se démènerait-elle comme elle l'a fait ?

Pourtant, elle a souvent des réactions impulsives, comme la claque qui part sans aucun préavis ni explication, pour des raisons futiles. Il y a aussi sa passivité face à son fils, quand il m'insulte ou quand lui aussi a des excès de violence envers moi : il m'attrape par

« Cette enfant et cette famille doivent être encadrées »

les cheveux et me parle tout près du visage, pour être sûr que je le comprenne bien. Il veille à ce que l'autorité règne avec lui.

Mon père, par contre, je n'éprouve rien pour lui, ni amour ni haine. Je ne le comprends pas : pourquoi ne les empêche-t-il pas d'agir comme cela ? Il ne m'aime peut-être pas ? Il préférerait avoir une fille qui ne soit pas malade ? il ne me trouve pas intéressante ?... Je me pose toutes ces questions dans ma tête d'enfant, mais je n'ose pas lui demander, je préfère ne pas savoir la vérité. Et puis, il me parle très peu, et, par conséquent, moi aussi je lui parle très peu ; je sais que c'est très bizarre, mais je n'aime pas quand nos regards se croisent.

8 octobre 1993
À l'attention du docteur Brunet, copies au juge des enfants et au docteur Hacquin.

Voici des renseignements complémentaires concernant la jeune Robin Delphine que tu as eu l'occasion de voir pour une « hypertension artérielle ».

J'ai connu cette petite fille pour la première fois le 1ᵉʳ juillet 1992, jour où mes collègues d'urologie et de néphrologie adultes me l'adressaient pour insuffisance rénale avec anurie. Les résultats de l'examen – entrepris le 17 juin 1992 par un laboratoire d'analyses médicales –, apportés par la maman, avaient été évidemment trafiqués et un « 1 » avait été rajouté devant le taux de créatinine, ce qui changeait bien entendu complètement les choses, la créatinine véritable étant de 6,5 mg/l. En reprenant son histoire, je me suis très vite rendu compte qu'il s'agissait d'un syndrome de Münchhausen by proxy. D'ailleurs Mᵐᵉ Robin m'a très rapidement avoué qu'elle avait manipulé un grand nombre d'examens complémentaires. Dans ces conditions, une entrevue avec le docteur Carrez, pédopsychiatre du service, a permis de mettre les choses au point, et nous avons prévenu, par une lettre commune le 13 juin 1993, Mᵐᵉ Garnier, juge des enfants au tribunal de grande instance de Rochefort. Théoriquement, Delphine et sa famille devaient être suivies également par M. Lefebvre, éducateur au palais de justice à Rochefort.

Si de nouvelles manifestations somatiques étaient retrouvées chez Delphine, il serait très important d'établir un bilan en milieu hospitalier pédiatrique afin de faire la part de cette éventuelle hypertension artérielle. D'après ce que tu m'as dit, il y a déjà eu plusieurs scintigraphies rénales, lesquelles pourraient avoir une implication médico-légale pour les médecins qui les ont prescrites.

En accord avec le docteur Carrez, il me paraît hautement important que Delphine soit à nouveau hospitalisée dans un service de pédiatrie, soit à Nantes, ce que je souhaiterais, soit à Tours chez mon ami Hugues Neveu que je vais immédiatement tenir au courant si tu décides de ce transfert à Tours. Quoi qu'il en soit, cette petite fille est en danger et il faut absolument arrêter ce cercle infernal des consultations et hospitalisations sur la base des descriptions maternelles.

J'envoie le double de cette lettre au juge des enfants et je souhaite que rapidement tu puisses me prévenir de la suite que tu envisages pour cette enfant.

Par ailleurs, je t'envoie l'ensemble des photocopies des courriers que j'ai adressés aux différents intervenants depuis ma première consultation de cette petite fille.

Docteur Gauthier.

28 octobre 1993
À l'attention de la juge des enfants du tribunal de grande instance de Rochefort.

Nous venons par la présente vous recontacter à propos de l'enfant Delphine Robin.

Cette enfant a été réhospitalisée à Nantes à notre demande pour élucidation d'une série de symptômes se poursuivant à la suite de

« Cette enfant et cette famille doivent être encadrées »

son long périple médical ayant débouché sur l'ablation d'un rein et sur un diagnostic final de syndrome de Münchhausen by proxy.

L'enfant a été hospitalisée cette fois-ci pour un bilan tensionnel.

Une hospitalisation effectuée dans le service avec explorations clinique et paraclinique [...] ne confirme pas du tout l'hypothèse de ce diagnostic. Il semble donc que, sur l'insistance de la mère, la recherche d'un diagnostic médical se soit poursuivie après la dernière entrevue que nous avons eue, entrevue qui avait débouché sur un courrier adressé au juge des enfants et aux médecins concernés.

La question qui se pose est celle de la suite à donner à la prise en charge de ce cas.

Le docteur Gauthier et moi-même avons des avis un peu différents. C'est volontairement que nous présentons ici nos divergences de vues. En effet, elles nous semblent témoigner de ce qui se passe habituellement dans la prise en charge de ces cas : chacun a un avis qui peut être différent, et finalement la prise en charge ne peut pas s'organiser avec cohérence.

En ce qui me concerne (docteur Carrez), je pense que l'enfant a déjà été rendue une fois à cette famille avec exigence formulée à la mère de ne pas poursuivre ses explorations sans contrôle médical strict. Le temps me semble dépassé de restituer l'enfant à sa famille d'origine et j'incline nettement pour une séparation très prolongée. Je poserais même les questions dans un sens inverse. À savoir que le problème ne me semble pas être celui d'une séparation ou pas, mais celui d'une erreur médical et juridique : ne sommes-nous pas, en effet, en train de continuer à soumettre une enfant à un risque de maltraitance en la laissant auprès de ses parents qui ont « fait leur preuve en ce domaine » ? Ne peut-on penser que la prise en charge et la surveillance juridique jusqu'à maintenant ont été insuffisantes ? En effet, n'y a-t-il pas une dimension du problème qui se situe au niveau pénal comme dans les autres formes de maltraitance à enfant car, sans qu'on puisse en douter, le syndrome de Münchhausen by proxy constitue bien une forme de maltraitance à enfant.

Le docteur Gauthier pense plutôt qu'un suivi médical strict peut être encore essayé pour une période de quelques mois, mais sous couvert d'une prise en charge psychothérapique étroite de la famille.

En définitive, le problème fondamental de ces mères qui ont des enfants sur lesquels elles induisent un syndrome de Münchhausen by proxy, est celui du « clivage ». D'un côté, elles ont un fonctionnement psychique normal et le contact avec elles ne laisse rien transparaître. En profondeur, au contraire, leur perception de leur enfant reste franchement délirante et induit la multiplication de la symptomatologie.

Chacun d'entre nous, comme cela est extrêmement courant en cas de Münchhausen by proxy ou de maltraitance à enfant de façon plus générale, finit par posséder une part de vérité et par avoir les meilleures raisons pour ne pas modifier la situation actuelle à condition qu'une surveillance stricte soit effectuée. Encore faut-il que celle-ci soit possible et que, par exemple, le suivi médical soit placé sous l'autorité du juge des enfants. Sinon, la perception globale du cas nous échappe et nous ne pouvons effectuer de synthèse qui serait bénéfique à l'enfant.

C'est pour cela que nous envoyons aujourd'hui ce courrier circulaire au juge Guinet et aux médecins concernés. Nous vous prions de trouver également ci-joint un article qui fait le point sur le syndrome de Münchhausen by proxy.

En effet, ces cas sont extrêmement rares et donc tout à fait « piégeants » pour chaque médecin qui est amené à s'en occuper.

Nous aimerions, si cela vous est possible, mettre sur pied une réunion où nous nous retrouverions tous les praticiens concernés ainsi que le juge des enfants afin de dégager une conduite à tenir cohérente à l'égard de cette enfant et de sa famille.

Je dis bien : « de sa famille » ! En effet, il me semble impératif aussi qu'un contrôle du suivi médical de la fratrie de cette enfant puisse être mis en place car on sait que dans certaines familles,

« Cette enfant et cette famille doivent être encadrées »

ce sont plusieurs enfants qui sont concernés par cette folie maternelle.

Docteur Carrez et docteur Gauthier.

Destinataires :
– Docteur Florent, Saintes
– Docteur Pelletier, Marennes
– Docteur Brunet, La Rochelle
– Docteur Hacquin, Bourcefranc-le-Chapus

Je ne me souviens pas de cette séparation qui semble être évoquée par les docteurs Carrez et Gauthier. Je me souviens juste avoir été quelques jours dans le service ou travaille le docteur Gauthier, en pédiatrie. Il m'a été fait quelques examens basiques pour s'assurer de ma bonne santé physique, et j'y suis effectivement restée plusieurs jours. J'ai vécu ce séjour comme une énième hospitalisation, je crois que pas un seul des spécialistes qui s'occupaient alors de moi ne m'a expliqué pourquoi j'étais là. Pourtant, j'apprendrai quelques années plus tard qu'il avait bien été question d'une séparation d'avec ma famille, pour que mère et fille puissent être « dé-fusionnées ». Ai-je refoulé à l'époque cette explication ? Ou bien ne m'a-t-on réellement rien dit ? Dans ce cas-là, quelle erreur, peut-être que si j'avais su…

Ce qui est clair dans mon esprit de petite fille, c'est que j'ai peur d'être placée dans un foyer ; ces derniers temps, j'en ai beaucoup entendu parler. J'entends les mots « juge des enfants », « tribunal »… Personne ne m'explique vraiment ce qui se passe, mais je sais que ce n'est ni normal ni rassurant.

À l'école, j'ai honte, je ne veux pas que quoi que ce soit de ce qui se passe chez moi, dans ma vie, ne se sache. Jamais je ne parle de mes inquiétudes, des questions qui me turlupinent. Au contraire, je m'efforce de montrer aux autres, à mes camarades, au reste de la famille, aux enfants des amis que côtoient mes parents que l'on est une famille « normale ». J'essaie d'afficher un sourire, de

Câlins assassins

paraître une petite fille heureuse. Mais je suis profondément triste et anxieuse, je me sens nulle, moche, bête.

Je m'en aperçois à l'école, personne ne vient vers moi, personne ne s'intéresse à moi. Souvent les enfants se moquent de moi, finalement tout ce que j'essaie de cacher, ils doivent le voir quand même.

Je vis très mal ma scolarité à l'école primaire, mes résultats sont franchement minables. La remise des carnets de notes à chaque fin de trimestre est merveilleusement bien pensée par les instituteurs : ils ne se soucient pas de prendre des précautions pour ne pas afficher les mauvais élèves. Non, ils ont un vrai talent pour cela. Ces moments que j'ai vécus du CE2 au CM2 sont gravés dans ma mémoire. Des humiliations de plus dans mon quotidien, qui commençaient dès le début de l'année : pendant trois ans, mes instituteurs m'ont placée d'office tout au fond de la classe, seule à un pupitre. Il faut dire que dès la rentrée, maman me présentait comme une enfant malade, fatiguée et qui ne peut pas se retenir pour aller aux toilettes, il fallait donc me laisser sortir pendant les cours et sans me faire attendre. À cela s'ajoutaient mon absentéisme scolaire très fréquent et mon retard assez important.

Je n'allais donc pas en plus raconter maintenant qu'il y avait une juge des enfants qui s'intéressait à notre famille.

Cette période fut très difficile pour moi. Mes angoisses m'envahissent encore davantage, je les refoule, mais quand je me retrouve seule le soir, dans ma chambre, elles me prennent au piège. Les questions tournent en boucle dans ma tête, la peur de mourir est toujours omniprésente. Je sais que mes parents, eux, sont ensemble pendant que moi je suis couchée : que font-ils ? de quoi parlent-ils ? pourquoi ai-je peur ? Mes craintes sont tellement fortes que je refuse souvent d'aller au lit. Mes parents sont agacés, j'ai l'impression qu'ils ne me prennent pas au sérieux.

« Quelle comédienne, celle-là ! » lancent-ils.

L'aîné en rajoute une couche, comme s'il était content de me voir mal dans ma peau.

« Cette enfant et cette famille doivent être encadrées »

23 février 1994
À l'attention de la juge des enfants.

M. Verdier m'avait indiqué la tenue d'une réunion dans vos locaux le 4 février 1994 à propos de l'enfant Delphine Robin demeurant à Bourcefranc-le-Chapus.

Le cas de Delphine vous avait été signalé par le docteur Carrez et le docteur Gauthier, praticiens hospitaliers à Nantes. Le diagnostic de syndrome de Münchhausen par procuration avait été porté devant la falsification des résultats médicaux par la mère, ce qui avait entériné diverses conduites médico-chirurgicales dont le bien-fondé n'était pas toujours évident.

Le jour de cette réunion, j'avais fixé malencontreusement rendez-vous à M. et Mme Robin pour envisager avec eux un travail de soin, de prévention de ce que l'on peut appeler une maltraitance induite.

Certes M. et Mme Robin s'étaient tout à fait polarisés sur l'attente de votre jugement et Delphine se montrait particulièrement tendue, anxieuse, résistant de toutes ses forces à quelque séparation d'avec ses parents.

Lors de ce second entretien et en présence de son mari, Mme Robin put tout à fait évoquer son geste comme une forme de panique anticipatrice et une provocation à l'égard du corps médical pour qu'il fasse quelque chose pour sa fille.

Nous avons évoqué l'échec du travail psychothérapique...

Au cours de notre entretien, j'ai évoqué avec M. et Mme Robin l'éventualité d'un travail de thérapie familiale qui pourrait être effectué à Saintes avec eux-mêmes et leur enfant, sous réserve d'une injonction motivante de votre part ; autrement dit, il nous sera tout à fait possible de réaliser ce travail à la condition toutefois que celui-ci réponde à votre attente et soit fixé par une ordonnance de votre part.

Docteur Florent, pédopsychiatre.

D'après mes recherches, c'est à cette période que tout ce chambardement s'estompa. Nous ne revoyons plus ni le docteur Florent ni le docteur Carrez. Il avait été décidé une assistance éducative pendant douze mois, c'est tout.

En 2008, je retrouve l'homme qui était chargé de cette assistance éducative. J'ai pris contact avec lui par téléphone, je lui raconte vaguement mon histoire ; en effet, il a quelques souvenirs de ma famille. Il m'assure qu'il pensait que les accusations au sujet de ma mère étaient peut-être un peu exagérées par les médecins, parce qu'il trouvait que nous formions une famille unie et heureuse. Ma mère semblait dévouée, attentive vis-à-vis de sa fille. Quant à moi, il avait bien remarqué que j'étais angoissée et, comme il avait des connaissances en sophrologie, il essayait de m'aider par ce biais. Je lui raconte la vérité sur les traitements que m'a infligés ma mère. Je lui explique brièvement ce que je ressentais à cette époque, ce que je me refusais à dire, ce que je m'efforçais de cacher...

« Je ne le savais pas. Je pensais que les médecins s'étaient peut-être imaginé le pire. Je ne pensais pas que la situation était si grave. On est peut-être passés à côté de la plaque. »

Une vie presque normale

L'éducateur est venu six mois à la maison. Personne ne m'a expliqué qui il était, pourquoi il venait régulièrement. Je pensais que le chirurgien avait recommandé à ma mère des rendez-vous avec un sophrologue pour tenter de calmer mes angoisses envahissantes. Maman ne m'avait pas donné de consignes sur la conduite à tenir pendant sa présence. Je me plie sans problème aux différents moyens qu'il me propose pour me venir en aide. Je ne sais pas que c'est un éducateur ni qu'une assistance éducative a été demandée par la juge des enfants. Je suis persuadée que les choses sont revenues à la normale. Il n'est plus question de me retirer de mon foyer ni d'accuser maman de quoi que ce soit. D'ailleurs, je subis beaucoup moins d'investigations médicales.

En septembre 1995, je poursuis mes études au collège de la commune la plus proche de notre domicile. J'arrive en 6ᵉ avec mes lacunes accumulées pendant ma primaire. Je me sens complètement perdue socialement et scolairement.

Ma seule amie, c'est maman, mais je n'ai pas envie qu'elle soit mon amie, je veux qu'elle soit ma mère et qu'elle m'accepte comme je suis : une jeune fille qui puisse avoir la possibilité d'avoir des ami(e) s sans avoir sa mère toujours derrière elle.

Quant à ma moyenne, elle est catastrophique dans chaque matière. Je ne sais toujours pas faire de multiplications, de divisions ni résoudre des problèmes mathématiques ; en français, je ne sais pas faire de dissertation, je ne comprends rien, je fais beaucoup de fautes d'orthographe, de conjugaison… C'est l'échec total. Encore une fois, les profs ne prêtent pas trop d'attention à toutes mes difficultés, je suis dans le fond de la classe et j'attends que le temps passe. Je suis complètement larguée, je fais acte de présence. Je suis cataloguée à la même rubrique que l'aîné qui est passé lui aussi dans ce collège et a eu beaucoup de soucis de comportement.

À la maison, il exerce toujours son despotisme avec la complicité maternelle. J'en ai marre, je suis pressée de devenir adulte, de pouvoir aller vivre ma vie hors de ce climat familial pesant.

Malgré la grande complicité entre maman et son fils aîné, il y a aussi parfois des périodes où j'ai l'impression qu'elle le déteste. Elle lui parle mal, elle est vulgaire. Lorsqu'elle est en colère, c'est comme si elle n'aimait plus la personne contre laquelle elle s'emporte.

« Vous n'êtes pas chez vous ici, vous êtes chez moi !!! Vous n'avez rien à dire, c'est moi qui commande, c'est moi qui décide ! » nous lance-t-elle parfois violemment.

Cela me chagrine, mais je ne réagis pas, elle m'effraie quand elle est dans cet état.

« Pourquoi tu nous as eus si on te fait chier ? » lui demande parfois mon frère aîné.

Quand elle se prend la tête avec lui, il arrive qu'elle le mette à la porte de la maison. La première fois que c'est arrivé, il devait avoir une quinzaine d'années. Elle a mis tous ses vêtements dans des sacs-poubelle et les a jetés dehors. Même si je le déteste, je ne peux pas m'empêcher de penser que c'est une réaction excessive pour une mère.

Il est vrai qu'il a un comportement difficile à gérer. Il a commencé à s'alcooliser et à se droguer très jeune, il est renvoyé fréquemment des établissements scolaires, il vit en marge de la société. Il a beaucoup de problèmes avec la gendarmerie en raison de ses fréquentations. Il prétend se faire voler les vélos de toute la famille, mais je suis sûre qu'il les vend pour acheter sa drogue. Le soir, il sort, il rentre tard ; je ne peux pas dormir jusqu'à son retour, j'ai peur qu'il ne débarque alcoolisé, drogué et qu'il ne nous tue tous pendant notre sommeil.

S'il est devenu comme cela, c'est peut-être à cause d'elle.

« Mais je les ai élevés tous les trois de la même façon, et lui, il a pris le mauvais chemin », répète-t-elle souvent.

Elle m'exaspère, elle ne se rend pas compte de son attitude avec nous. Elle nous aime et nous rejette tour à tour.

Mon père, à l'époque, me semble être victime lui aussi de l'autoritarisme de sa femme. Elle lui fait de plus en plus de reproches, il ne répond jamais. Je bouillonne intérieurement. J'ai envie de prendre sa défense, il ne mérite pas d'être rabaissé. Mais je ne la contredis pas, car je sais que son fils va se mettre du côté de maman. Il ne supporte pas que je parle mal, que je réponde, il faut toujours que je me taise, il n'hésite pas à me corriger, ou bien à se moquer de moi. Je me sens humiliée, mais je ne veux pas que ça se voie, alors je me réfugie dans ma chambre pour pleurer.

Parfois, j'ai le sentiment que je dramatise ce qu'il se passe à la maison, que je me fais des idées, que ce n'est peut-être pas mieux chez les autres. Pourtant, j'ai vraiment l'impression que ce n'est pas normal. Je ne me sens pas toujours en sécurité dans ma famille.

Sans grande surprise, je redouble ma 6ᵉ. Mes deux ans de retard compliquent de plus en plus mes rapports avec mes camarades. Je perds ceux que j'avais avant, et les nouveaux sont encore des enfants quand moi je commence à entrer dans l'adolescence.

Au cours de cette année, je me rends avec ma classe à un forum des métiers. Je m'arrête devant un stand qui présente les atouts d'une scolarité en alternance. L'établissement présenté est une école privée, donc payante. Sachant les soucis financiers de mes parents, j'ai peu d'espoir. Je décide quand même d'en parler à ma mère.

Elle accepte que nous allions visiter les locaux, rencontrer la directrice et prendre les renseignements sur le paiement des frais de scolarité dans cet établissement. Seul bémol, il faut avoir réussi sa classe de 5e pour y entrer. Je dois donc travailler dur. Un an et demi ! Je m'accroche à cette perspective.

Maman, elle, recommence peu à peu à se préoccuper de mon rein et de mon diabète. Elle se remet à vérifier ma glycémie capillaire plusieurs fois par jour, en même temps qu'elle contrôle la sienne.

Mars 1997
À l'attention du docteur Brunet, néphrologue, CH de la Rochelle.

J'ai eu l'occasion de voir en consultation l'une de tes patientes, Melle Delphine Robin, suivie par tes soins pour un reflux vésico-urétéral sur rein unique.

L'interrogatoire retrouve ici la notion d'une forte pénétrance familiale de diabète non insulino-dépendant (mère, tante et oncle maternels, grands-parents maternels).

Des contrôles glycémiques capillaires répétés ont été effectués à ce titre par la mère de Melle Robin et ont pu montrer des valeurs glycémiques à jeun suspectes.

Sur ces données, je te propose d'effectuer une épreuve d'hyper-glycémie provoquée par voie orale de façon à préciser le statut glycémique exact et de respecter un certain nombre de mesures diététiques, avec notamment une exclusion des sucres rapides et une quantification approximative des sucres lents et semi-lents, afin de limiter les risques ultérieurs d'émergence d'un diabète sucré vrai.

Docteur Bacle, diabétologue.

Mars 1997
À l'attention du docteur Brunet, néphrologue, CH de La Rochelle.

L'épreuve d'hyperglycémie provoquée par voie orale pratiquée chez Delphine Robin se révèle tout à fait normale.
La glycémie à jeun mesurée à deux heures d'intervalle est strictement normale.
Il n'y a donc pas pour l'instant de diabète sucré vrai ni même d'intolérance au glucose, une surveillance pondérale et un respect des mesures diététiques précédemment préconisées restent à respecter.

Docteur Bacle, diabétologue.

Maman ne me reparle plus de diabète et je ne prends aucune précaution diététique particulière.

Une émancipation difficile

J'ai réussi ! J'ai obtenu mon passage en classe de 5ᵉ. Encore un an et je changerai d'école. Nous sommes à peine en septembre que je commence déjà à penser à cette prochaine rentrée. J'y vois une véritable chance d'épanouissement. Il y a moins d'élèves et comme c'est une école privée, peut-être que les enseignants sont plus investis dans leur travail et qu'ils prendront du temps avec moi. Et peut-être qu'il y aura d'autres élèves dans ma situation scolaire.

Il va aussi me falloir un moyen de locomotion pour mes stages en alternance : maman m'a déjà déclaré qu'il était hors de question qu'elle fasse des allers et retours pour m'amener sur mes lieux de travail. Il me faudrait un scooter, mais je sais que mes parents n'auront pas les moyens financiers de me l'offrir.

Je me souviens alors d'une somme d'argent qui m'a été versée sur un compte, bloqué jusqu'à ma majorité. En effet, à la suite de l'accident de voiture de décembre 1990, maman a entamé une procédure contre la personne qui en aurait été responsable. Elle avait alors fait appel à une avocate, et j'avais été examinée par un médecin expert pour juger des réelles conséquences de cet accident. Peut-être m'avait-on annoncé à l'époque la somme du pécule qui m'était dû à l'issue de cette procédure, mais c'était bien alors le dernier de mes soucis.

Aujourd'hui, au contraire, cela devient ma préoccupation majeure. Je demande à maman de prendre rendez-vous avec le juge des tutelles qui est responsable de mon dossier afin d'essayer d'obtenir la somme nécessaire pour l'achat d'un scooter.

Elle m'accompagne au rendez-vous. J'expose mon projet, mon souhait de poursuivre ma scolarité en école privée, en alternance, et mon besoin d'un moyen de locomotion.

« Ce n'est pas possible, votre mère a pris toute la somme. »

Je suis sous le choc. À tel point que je ne me rappelle pas si le juge m'a donné à ce moment le montant dont j'aurais dû disposer.

« Il est obligatoire que votre mère rembourse cette somme d'argent avant votre majorité. »

J'ai alors 14 ans. Il établit un échelonnement de la dette mensuelle. Ma mère semble d'accord, elle donne sa parole au juge qu'elle va rembourser cet argent, nous signons d'ailleurs un document prouvant son engagement.

Nous devons revoir ce juge dans un an pour rendre compte de l'avancement du remboursement.

Mais dès que nous sommes sorties du bureau du juge, maman m'explique qu'elle ne pourra pas me rendre l'argent, les moyens du foyer ne le permettent pas, d'autant plus que l'école privée où je souhaite aller coûte cher. Elle me demande d'écrire un courrier au juge pour notre prochain rendez-vous, lui expliquant qu'il n'est pas possible pour mes parents d'assumer le remboursement de cette dette.

« Pourquoi as-tu utilisé cet argent ?

— J'ai demandé des avances pour faire face aux dépenses occasionnées par tes hospitalisations. Je dormais toujours dans un hôtel la première nuit, je te faisais des cadeaux quand tu revenais. C'est pour toi que je faisais tout ça ! »

Mais je n'aimais pas ses cadeaux, j'avais le sentiment qu'on me gâtait parce que j'allais bientôt mourir. J'aurais préféré que l'argent reste où il était et pouvoir l'utiliser aujourd'hui. J'ai le cœur serré et suis en colère, mais, une fois de plus, je me contiens et accumule les rancœurs.

« Demande à ton grand-père de t'offrir un scooter. Il a les moyens et tu es sa « petite chouchoute » », me suggère-t-elle.

Je déteste réclamer, je n'ai pas envie de lui ressembler en quémandant de l'argent aux autres, je voudrais me débrouiller seule.

« Demande-lui, toi. »

Après tout, c'est un peu à cause d'elle si on en est là. Elle ne connaît pas la honte et a l'art et la manière de bien présenter les choses. Elle accepte de solliciter son père.

«Très bien, mais ne reparlons plus de cette histoire. Et ton père n'a pas besoin de savoir. »

J'obtiens bientôt mon scooter tout neuf et rutilant. Je suis aux anges, j'ai enfin un peu d'indépendance.

Je commence à me lier avec quelques personnes, des connaissances de mon frère Paul qui fréquente le même collège que moi. Nous prenons l'habitude de nous retrouver dans un bar de notre « village » les mercredis après-midi, après les cours.

Maman me reproche de changer, elle n'approuve pas que je sorte alors que je n'ai que 14 ans. J'ai plutôt le sentiment quelle n'apprécie pas que je ne passe plus mon temps libre avec elle.

Est-ce pour cela qu'alors qu'elle s'était calmée depuis le passage devant la juge des enfants à cause de la falsification de mes résultats biologiques et l'absence de résultats négatifs quant à mon diabète, elle se relance soudainement dans les investigations médicales ? Pour tenter de m'avoir de nouveau sous son joug, de redevenir le centre de toute mon attention ?

Un mois après la rentrée des classes, à la suite d'une consultation au cabinet du docteur Brunet à La Rochelle, parce que je me plaignais de temps en temps de légères douleurs à mon rein droit, elle téléphone au docteur Brissaud pour l'alerter et évoquer la possibilité d'une sonde J, mentionnée par le néphrologue. Il lui répond par courrier :

Concernant Delphine, je pense effectivement que, si la sympto-matologie douloureuse est toujours présente, il sera nécessaire d'envisager la mise en place d'une sonde double J.

Ceci peut se faire au cours d'un séjour en hôpital de jour, c'est-à-dire que Delphine devra arriver un matin afin d'être vue par les anesthésistes, puis avoir une petite anesthésie et elle pourra repartir le soir pour votre domicile.

Il serait souhaitable de réaliser ceci au cours des vacances scolaires, c'est-à-dire le jeudi 30 octobre prochain.

Maman reprend donc les choses en main et semble déterminée. L'idée ne m'enchante pas trop, même si maman tente de me convaincre en m'assurant que je ne serai pas hospitalisée.

Je ne m'inquiétais pas de ces douleurs à mon flanc droit. Pourquoi a-t-il fallu que j'en parle à ma mère ? Elle ne m'embêtait plus avec toutes ces questions médicales, je ne m'imaginais pas qu'elle relancerait toute la machine infernale. J'ai le sentiment de m'être prise au piège moi-même, je m'en veux terriblement. Elle m'assène ses consignes avant de rencontrer le docteur Brissaud, mais je n'ai plus 9 ans, je n'ai pas envie de l'écouter. Je décide de rester modérée au moment de l'auscultation.

Durant toute la consultation avec le docteur Brissaud que je n'ai pas revu depuis 1992, je me sens coupable et gênée. Il me regarde droit dans les yeux, je pense qu'il croit que je lui mens. Il m'explique qu'il est peut-être normal que je ressente quelques douleurs en raison de l'intervention réalisée en octobre 1991 sur mon rein unique, mais que cela est sans gravité.

« Je ne vois pas l'intérêt de revenir sur ce rein. »

Il refuse de me poser la sonde double J initialement prévue. La consultation aura été finalement rapide, et je suis soulagée.

Je comprends néanmoins que maman ne va pas l'écouter et qu'elle va recommencer ses investigations. Elle décide de me faire suivre deux fois par an, ce qui implique de passer un scanner avec injection d'iode, un ECBU, un bilan sanguin, et une consultation avec le docteur Brunet.

Je continue de m'évader de son emprise et de ma vie familiale en sortant le soir et les week-ends avec les amis que j'ai réussi à me faire. Je n'ai que 15 ans, mais je vais en discothèque, je commence à fumer, à boire de façon parfois immodérée. J'ai conscience que je ne prends pas soin de moi, mais je me sens maîtresse de ma vie – pour la première fois.

Ma mère n'aime pas du tout mon comportement.

« Tu as changé. Tu seras toujours ma petite Nénette à moi ? me demande-t-elle souvent.

« Oui. »

Mais non, je ne veux pas rester sa « petite Nénette ». Elle m'énerve de plus en plus.

Septembre 1998
À l'attention du docteur Brissaud, urologue, CHU de Nantes.

Vous allez revoir en consultation la jeune Delphine Robin que vous connaissez bien et dont l'état général est tout à fait correct en dehors de la persistance de douleurs lombaires à droite dès que la vessie est en réplétion.

La croissance staturo-pondérale a été tout à fait correcte.

Il n'existe pas de céphalée. La tension est normale.

Sur le plan biologique, tout est normal.

Il n'existe pas de trouble de la calcémie ni de la phosphorémie. On note la persistance d'une très minime glucosurie. La protéinurie et l'ionogramme urinaire sont corrects. Le dernier ECBU pratiqué montre la présence, d'un Escherichia coli *et d'un* Staphylococcus aureus *alors qu'il n'existe aucun signe clinique d'infection urinaire.*

Ce résultat ne me surprend pas dans la mesure où Delphine boit relativement peu. Compte tenu de l'antibiogramme, j'ai simplement proposé un traitement par Noroxine.

Une émancipation difficile

Évidemment que les résultats des ECBU sont suspects puisque ma mère continue de les pratiquer sans utiliser le tube stérile prévu à cet effet. Quant à boire de l'eau, je suis tellement furieuse que je contreviens à la consigne. Pourquoi croit-il maman quand elle lui dit ça ? Pourquoi ne m'écoute-t-il pas moi ?

La bonne nouvelle, c'est que j'entre dans l'école privée où je souhaitais aller, pour faire une 4e et une 3e technologiques en alternance, qui, je pense, seront plus adaptées à mon niveau qu'un cursus scolaire normal. L'établissement étant un peu loin du domicile, il faut que je sois interne, mais cela ne me dérange pas, bien au contraire.

La directrice de l'école et maman pensent que je pourrais effectuer les stages prévus dans des maisons de retraite ou en services hospitaliers, en gériatrie. Je n'en ai absolument aucune envie et le fais savoir. La directrice me catalogue d'emblée comme une têtue et une rebelle. Qu'importe, désormais, je ne veux plus que quiconque décide à ma place.

Je finis par obtenir ce que je souhaite : travailler avec des enfants.

Je fais la connaissance de la responsable d'une crèche parentale sur l'île d'Oléron. Je m'entends bien avec elle et le contact passe bien avec tout le reste de l'équipe. Mais je me sens comme une petite fille abîmée par la vie, qui vient d'échouer ici, je n'ai pas confiance en moi. J'ai du mal à me considérer comme une jeune adolescente qui gravit les étapes de la vie « normale » tout en étant heureuse. Ce qui me perturbe, c'est que je suis bien consciente de ce que je ressens, mais je ne sais pas pourquoi. Et je ne veux pas que les gens que je côtoie à la crèche s'aperçoivent que je suis mal dans ma peau.

Je voudrais effectuer toutes mes semaines de stage dans cette crèche, je ne veux aller nulle part ailleurs. La directrice m'aime bien, cela me réchauffe le cœur d'être appréciée par quelqu'un et pour ce que je suis. Je me sens utile, importante par ce que j'accomplis – et non pas par ma maladie. La petite que j'étais disparaît ici, personne ne la connaît, personne ne sait. Aussi, je veille à tenir maman éloignée de cet endroit qui n'appartient qu'à moi ; si elle venait à rencontrer un membre du personnel de la crèche, je sais qu'elle parlerait de l'enfant qui a été gravement malade et qui reste encore fragile. Et je sais qu'on porterait un autre regard sur moi.

Je suis malgré tout obligée, pendant cette année en alternance, d'effectuer des stages dans d'autres lieux. Contrainte, je vais en cantine scolaire, en crèche hospitalière et dans une autre crèche parentale d'une autre commune.

Novembre 1998

À l'attention du docteur Brunet, néphrologue et du docteur Hacquin, médecin traitant.

J'ai revu en consultation Delphine Robin, 15 ans, que je n'avais pas vue depuis 1992 [sic].

Cette jeune fille présente deux problèmes.

Le premier est celui d'une cicatrice lombaire gauche avec un diastasis costal. Delphine est demandeuse d'une réparation esthétique que nous pouvons faire sans le moindre problème, tout en sachant qu'il ne s'agit pas que d'un problème cutané mais aussi d'un problème costal qu'il faut résoudre en même temps.

Le deuxième est celui de douleurs lombaires côté droit qui apparaissent lorsque la vessie est pleine. En fait, comme Delphine avait été opérée initialement à La Rochelle d'un antireflux selon

Une émancipation difficile

Cohen, il existe manifestement un petit syndrome obstructif au niveau de sa jonction urétéro-vésicale dont il résulte qu'il n'y a plus de reflux lorsque la vessie est pleine et qu'il y a rétention d'urine dans la voie urinaire supérieure droite. Ceci explique parfaitement les douleurs que présente Delphine au niveau lombaire droit, sans que le rein, pour l'instant, en souffre anormalement. Il n'y a pas de traitement médical, et je n'ai pas fait d'ordonnance, ni prescrit du Di-Antalvic ou du Spasfon, qui manifestement ne servent à rien. J'ai expliqué à Delphine que la situation était pour l'instant assez stable sur un plan néphrologique et urologique et qu'il fallait composer avec ces quelques douleurs, quitte à aller uriner un petit peu plus souvent que les copines. je serais certainement amené à ré-intervenir au niveau de cette jonction urétéro-vésicale droite uniquement si la situation, sur un plan rénal, venait vraiment à se dégrader.

Une des périodes à risque chez Delphine sera certainement celle d'une éventuelle grossesse, puisqu'elle est porteuse d'un rein unique du côté droit. J'ai prévenu Delphine, en tête à tête, de ce problème-là, afin qu'elle puisse avoir, à ce moment-là, une prise en charge.

Voici les derniers renseignements concernant Delphine qui ne m'apparaissent tout de même pas très compliqués.

Concernant le problème pariétal lombaire gauche, j'ai dit à Delphine que j'étais à sa disposition et que cela ne lui coûterait pas cher, puisque je ferai cela moi-même en secteur hospitalier public.

Docteur Brissaud, urologue, CHU de Nantes.

J'ai vraiment le sentiment, à l'époque de cette consultation, que M. Brissaud en a marre de nous voir. Je me demande ce qu'il pense après tout ce qui s'est passé, mais je n'ose pas en parler, j'ai promis à maman. Alors, je me concentre sur mon problème de cicatrice. J'ai vraiment envie d'une chirurgie réparatrice. Je suis complexée au point de ne mettre que des maillots de bain à une pièce pour qu'elle ne se voie pas. Mais l'hospitalisation, le bloc opératoire et l'anesthésie me font très peur, je ne veux pas revivre cela.

Quant à ses explications pour la grossesse, je le laisse me les donner, mais je ne veux pas les entendre ; je sais que je serai en pleine forme, plus encore que quelqu'un qui a ses deux reins. Je ne veux pas d'un suivi particulier, je veux être prise en charge comme quelqu'un de « normal ».

Je ne cessais de me répéter : « Quand je serai adulte, je pourrai choisir d'être comme tout le monde ». Je suis fatiguée d'être différente à cause de mes soucis de santé.

De toute façon, pour l'instant, ma vie sentimentale est catastrophique. J'ai commencé à flirter timidement avec un garçon et en ai parlé à une fille de ma classe qui habite dans le même village que moi. Un week-end, à peine passée la porte de la maison familiale, ma mère me tombe dessus, enchaîne les gifles. Je m'accroupis dans un angle de la cuisine, me protège le visage de mes bras. Elle frappe encore et m'insulte :

« Putain ! Salope ! Ça alors, jamais je n'aurais pensé que ma fille se donnerait au premier venu ! »

Je hais ma mère, je hais cette fille à qui j'ai parlé de mon coup de cœur et qui l'a rapporté à ma mère. Que pouvait-elle rapporter de toute façon ? Il ne s'était strictement rien passé, il ne se passera ensuite strictement rien avec lui : pendant longtemps, je n'ai pas eu de petit copain, je n'y arrivais pas, j'étais trop timide, farouche.

Malgré tout, cette année se passe plutôt bien pour moi ; je ne subis pas d'autres investigations médicales et hormis les week-ends où je dois rentrer à la maison, je suis complètement libre de mes mouvements et gagne de plus en plus d'autonomie entre les stages – et puis il y a le scooter.

Je me fais de nouvelles amies, qui m'assurent que ma cicatrice n'est pas si laide, nous sortons ensemble, je mens à ma mère qui n'apprécie toujours pas les libertés que je prends, mais je ne lui laisse pas le choix. Je dors ici ou là, je vais dans des bars, des discothèques, je pars en vacances... C'est une période extrêmement bénéfique pour moi, qui me permet de m'éloigner de ma mère, mais aussi de m'apercevoir, alors que les filles que je fréquente ont à peu près le même âge que moi, que je me sens beaucoup plus jeune qu'elles et ne m'autorise pas certaines choses qu'elles font tout naturellement, comme fréquenter des garçons.

Je comprends que je n'ai pas grandi de la même façon et que j'en subis également les conséquences sentimentalement.

Quand l'enfant victime refait surface

Mon niveau s'est un peu amélioré, et j'entre en 3e.

J'envisage de rester dans ce même établissement pour poursuivre en seconde et en terminale professionnelles en vue de passer un BEPA service aux personnes, pour poursuivre, éventuellement, mes études dans le secteur de la petite enfance. Mais rien qu'à l'idée qu'il me faudrait toujours m'opposer au souhait de la directrice et à celui de maman au sujet de mon avenir professionnel, je suis effrayée. J'envisage donc d'entrer dans un autre lycée privé, proposant la formation en alternance que je souhaite afin d'échapper à leur autorité intransigeante.

En attendant, il faut que cette dernière année se passe.

Je souhaite retourner dans la crèche de l'île d'Oléron où je me sens toujours aussi bien et où je m'investis beaucoup.

Mais en cours d'année, la situation devient vraiment difficile. On m'impose d'aller en stage dans un hôpital local en service de médecine gériatrique : maman et la directrice se sont mises d'accord sans me demander mon avis.

Je retiens ma rage, mais je sais déjà que je n'y resterai pas pendant toute la période qui m'est imposée, je ne pourrai pas.

J'ai demandé, dans un premier temps, d'accompagner l'équipe chargée de l'entretien des locaux, il est hors de question pour moi d'accompagner l'équipe soignante.

À mon arrivée le premier matin, je suis remplie d'appréhensions. Je me sens si oppressée qu'à peine sur les lieux, j'ai envie de fuir. Je me force, au moins pour y rester une journée. Je me tiens à l'écart toute la matinée, je ne parle pas aux personnes qui m'encadrent et je précise tout de suite que ce stage m'a été imposé et que je n'ai aucune envie d'être ici. Cet aveu ne facilite pas mon intégration, j'en suis bien consciente, mais ça m'est égal.

On me demande de prendre en charge un secteur de chambres pour l'entretien. J'entre dans la chambre d'un monsieur que j'ose à peine regarder. J'effectue brièvement mes tâches, tout en pensant qu'une fois que j'aurai terminé, je quitterai cet endroit et ne pas y revenir.

Je quitte l'hôpital sans prévenir personne, prends mon scooter et rentre chez moi. Bien évidemment, maman me reproche mon acte et, comme d'habitude, peu importent mes justifications, elle a l'art et la manière de me faire douter de mon sérieux et de ma capacité à affirmer les choix qui sont bons pour moi. Quant à la directrice de l'école, je sais aussi que ça va mal passer, elle va notifier dans mon dossier à quel point je suis têtue et rebelle. Il s'agit de ma carrière professionnelle : comment peuvent-elles se permettre de me juger et de m'imposer leur volonté alors que je sais simplement ce que je veux ?

Je suis convoquée chez la directrice avec maman pour rediscuter de mon comportement. La décision est prise de m'envoyer en stage dans une maison de retraite. Le lieu choisi est une maison de retraite religieuse, sur l'île d'Oléron, où maman connaît une personne qui y travaille. J'ai envie de partir en courant pendant tout l'entretien, j'ai envie de hurler qu'on me foute la paix.

Encore une fois, à peine sur place, je fuis cet endroit qui m'angoisse et me terrorise. Je ne sais pas pourquoi, mais je n'y arrive pas.

Maman travaillant dans une maison de retraite dans la commune où nous habitons, elle demande une place pour moi ; devant mon refus catégorique d'effectuer les soins aux personnes âgées, j'intègre l'équipe des agents de restauration. Comme cela se passe plutôt bien, j'y reste pendant deux mois, en alternance avec les semaines à l'école.

Néanmoins, il me faudra refaire avant la fin de mon année de 3ᵉ un stage auprès de personnes âgées. Je décide de l'entreprendre dans l'établissement où travaille maman. Si je suis avec elle, elle m'épargnera ; comme je redoute les soins aux personnes, je pourrais me contenter de servir le petit déjeuner, faire les lits, l'entretien...

Je n'aime pas ce que je vois, ce que j'entends, ce qui s'y passe. Personne ne réagit ; à l'intérieur de moi, je suis révoltée. Maman est méchante avec certaines personnes âgées ; bien sûr, elle choisit soigneusement ses têtes de Turc : des personnes qui n'ont plus tous leurs esprits. Elle se moque, elle humilie ; elle n'est jamais seule, elles sont toujours deux à s'acharner.

Aujourd'hui, je suis décontenancée, je réalise la gravité de ces actes. Comment ai-je pu rester plantée là sans rien faire ? Exactement comme quand je subissais les actions délirantes de maman ? Qui suis-je, qu'a-t-elle fait de moi pour que je sois capable de renfermer mes émotions, mes sentiments ? Pourquoi je ne m'affirme pas ?

Je suis donc restée une petite fille victime ?

On dirait en tout cas que tout le monde cherche à me maintenir dans cette position.

En janvier, lors de mes examens de contrôle et de la consultation avec le néphrologue de La Rochelle, le sujet de la sonde double revient sur le tapis : mes douleurs persistent, ma mère et le docteur Brunet restent persuadés que c'est la solution au problème.

Cette fois-ci, le docteur Brissaud accepte de me la poser. Pourquoi décide-t-il de pratiquer cette intervention alors que quelque temps auparavant il semblait penser que nous mentions et m'avait expliqué que l'opération n'était pas conseillée sur mon rein unique ? Fait-il

Quand l'enfant victime refait surface

cela parce qu'il en a marre de notre insistance ? Du moins celle de ma mère ? Ou fait-il vraiment cela pour calmer ces douleurs ?

Peu importent ses raisons, je n'ai pas envie de retourner au bloc opératoire, d'y être endormie et d'être hospitalisée de nouveau, même pour une journée. Je commence seulement à profiter de la vie, sortir, avoir des amis, être autonome, passer du temps sans penser à tous mes problèmes « de santé » que tous les gens que je fréquente désormais ignorent.

Je ne leur explique pas que je ne suis pas d'accord, mais je sais, avant même qu'on me la place, que je demanderai très rapidement qu'on me l'enlève. Je ne sais pas quelle raison je donnerai mais je voudrais qu'ils comprennent que je veux que l'on me laisse tranquille, que je préfère avoir mal de temps en temps plutôt qu'avoir un « truc » à l'intérieur de mon corps et subir encore tous ces examens, toutes ces consultations.

C'est la première fois depuis 1992 que je suis hospitalisée à Nantes. Je ne suis pas dans la chambre d'enfant habituelle. C'est normal, j'ai grandi, mais cela m'aurait réconfortée de retrouver mon ancienne chambre.

Le matin, avant de partir au bloc, je suis toujours autant terrifiée. De même quand j'en reviens. Pourtant, cette fois-ci, je peux rentrer chez moi tout de suite. Mais j'ai vraiment mal à mon rein et quand je vais aux toilettes, je ne vois que du sang. La peur m'envahit : si je rentre et qu'il m'arrive quoi que ce soit, personne ne pourra rien faire. Je préférerais rester une nuit, rentrer quand les douleurs et le sang se seront arrêtés. L'infirmière ne comprend pas pourquoi je ne veux pas partir, pourquoi je suis effrayée.

« S'il vous plaît, demandez au docteur Brissaud si c'est normal que mon rein me fasse mal et que j'urine du sang ! »

Ma requête semble la fâcher.

« Le docteur Brissaud est rentré chez lui. »

Je suis vraiment désolée d'être « enquiquinante », mais je crois que j'ai besoin d'être rassurée. Je reste donc une nuit.

Février 2000
À l'attention du docteur Brunet, néphrologue, CH de La Rochelle.

J'ai repris à la clinique urologique du CHU de Nantes Delphine Robin.

J'ai donc pris la décision de faire placer une sonde double J pour voir si tout ce drainage diminuerait ses douleurs.

Je suis donc intervenu le jeudi 10 février. J'ai pu, par voie endoscopique monter une sonde sans trop de problème.

Dans la suite, les urines sont restées quelque peu hématuriques, mais il n'y avait rien d'alarmant.

Du fait de ces urines moins hématuriques, Mme Robin mère a voulu quitter le service. Elle et sa fille ont regagné leur domicile le 11 février 2000.

Je laisse la sonde en place pendant deux mois et je ferai le point avec Delphine à cette date.

Docteur Brissaud, urologue, CHU de Nantes.

Nous le revoyons donc en avril. Je me sens toujours coupable et mal à l'aise en face de lui. Je trouve cela bien regrettable d'être revenue le voir après tout ce qui s'est passé quand j'ai eu 9 ans. Et de la même manière que ma mère ne voulait plus que nous parlions des deux médecins de Nantes, j'aurais voulu qu'on ne reparle plus de mon rein.

Ma mère ne m'a donné aucune consigne avant l'auscultation. Alors, j'ai envie d'expliquer au docteur Brissaud que la sonde me gêne, qu'il faut me l'enlever et que je vais très bien. Je veux pouvoir repartir très vite d'ici. Mais je n'ose pas. Pourtant, je sens qu'il m'écoute, qu'il est attentif à ce que je souhaite. Mais je n'arrive pas à le lui exprimer, je préfère laisser maman parler. Quand il me pose des questions, je me contente de répondre par des hochements de tête mal assurés. Je ne suis pas capable d'affirmer ce que je pense

Quand l'enfant victime refait surface

de cette situation. Pourtant, j'aurais « un milliard » de questions à lui poser. Elles se bousculent dans ma tête quand je suis seule mais je préfère rester dans ma confusion. Je me considère comme une menteuse, une gamine qui demande que l'on s'intéresse à elle ; et maman n'apprécierait pas si elle savait que j'éprouve des doutes concernant tous les symptômes que nous évoquons. Sans compter que le docteur Brissaud se méfierait encore d'elle. Quelle image a-t-il de ma mère ? Je préfère rester la petite fille que j'ai toujours été face à tous ces médecins.

Avril 2000
À l'attention du docteur Brunet, néphrologue, CH de La Rochelle.

J'ai revu en consultation Delphine Robin, chez qui j'avais mis une sonde double J il y a trois mois, du fait de ses douleurs lombaires à droite.

La situation a l'air de s'être bien améliorée par cette sonde double J avec une diminution très importante des médicaments antalgiques que prenait Delphine. Elle a pu avoir, semble-t-il, une activité tout à fait satisfaisante et normale, malgré une douleur persistante lors des mictions.

Nous conservons pour l'instant la sonde double J à la demande de Delphine, et nous verrons d'ici à deux mois.

Docteur Brissaud, CHU de Nantes.

Dire que je ne voulais pas du tout de cette fichue sonde ! Quelle ironie ! Ma mère recommence à s'inquiéter pour mon rein et à asseoir son emprise alors que je me sens très bien. Mais elle s'est faite à l'idée que je suis malade, et plus je m'éloigne et gagne en autonomie, plus elle insiste.

Apprivoiser l'adolescente timide

Au cours de cette année, Damien se rapproche de plus en plus de moi. Cela ne me met pas très à l'aise ; il est plus âgé que moi et je ne sais pas du tout comment on doit s'y prendre avec les garçons. Pourtant, j'aime sa compagnie : il s'intéresse à moi, il est gentil. J'accepte son amitié et je la partage, mais je n'en demande pas plus. J'ai peur que notre relation aille plus loin.

Nous nous connaissons déjà depuis longtemps, lui et moi ; il nous arrivait régulièrement de nous retrouver aux mêmes soirées et nous nous y entendions très bien. Mais je ne pensais pas qu'il désirait davantage. Je commence à le comprendre maintenant. Et quand il me dit clairement qu'il attend autre chose de notre relation, je m'y refuse. Damien accepte que la petite fille farouche reste dans sa coquille et continue à me voir et à être proche de moi malgré tout.

Je m'extrais pourtant peu à peu de l'enfant timorée. Lorsque je revois le docteur Brunet à La Rochelle en juin, je prétexte que la sonde me gêne afin qu'on me l'enlève enfin. Mais le néphrologue prétend qu'elle me gêne parce qu'elle est bouchée. J'insiste sur le fait qu'il faut me l'enlever et ne pas m'en remettre une autre, mais il reste sur son idée : « Elle est bouchée, mieux vaut la changer. » Le docteur Brunet ne prend jamais en compte ma parole, il n'écoute que ma mère. Je suis exaspérée et prête à ne pas lâcher le morceau cette fois. Je laisse le docteur Brissaud changer ma sonde comme le néphrologue l'a suggéré, mais le recontacte quelques jours plus tard. Je sais qu'il m'écoute et peut faire en sorte que tout ça s'arrête.

29 juin 2000
À l'attention du docteur Brunet, néphrologue, CH de La Rochelle.

J'ai revu en consultation Delphine Robin.

Sont réapparues des douleurs dorsales alors qu'une sonde double J était en place dans le rein droit. Cette sonde était parfaitement en place, tant au niveau du rein qu'au niveau vésical.

Nous pouvons donc innocenter le rein droit de toute pathologie du fait de la persistance des douleurs sous une sonde double J, non fonctionnelle et obstructive.

Dans ces conditions, je laisse Delphine tranquille et je lui demande de poursuivre sa surveillance rénale avec le docteur Brunet, néphrologue de La Rochelle.

Docteur Brissaud, urologue, CHU de Nantes.

Je vais enfin pouvoir retrouver ma tranquillité que je commençais depuis peu à savourer. Je me fais la promesse de ne plus parler de douleurs à maman. Je ne veux plus revoir M. Brissaud. Je ne veux plus passer de scanner deux fois par an, je ne veux plus aller à la consultation du néphrologue deux fois an. J'accepte une simple échographie, un bilan sanguin et la consultation avec le néphrologue une seule fois par an.

Il n'est plus question que je laisse quiconque évoquer quoi que ce soit au sujet de mon rein. Je veux aller bien maintenant et je sais que je vais bien ! M. Brissaud le dit et j'ai envie de le croire.

Je me libère de plus en plus, je vois très régulièrement Damien, au point d'en délaisser mes amies. Nous sortons en tête à tête, je me sens de mieux en mieux en sa compagnie et je me rapproche de lui. Il me ramène quelquefois jusque devant la maison. Chaque fois que mes parents l'aperçoivent me déposer, ils me lancent que ce n'est pas quelqu'un de fréquentable.

Je m'en fiche, je me sens bien avec lui, je me laisse peu à peu aller, j'accepte qu'il soit plus tendre, qu'il me prenne dans ses bras. La petite fille se laisse apprivoiser pas à pas.

L'été arrive, et notre relation prend un autre tournant, l'amitié laisse la place à une relation un peu plus sérieuse. Je me dis que cela est finalement agréable. Mais je n'envisage pas à ce moment que notre histoire soit sérieuse. Je considère que nous ne faisons pas partie du même monde ; ses amis et les miens sont très différents, ainsi que les sorties que nous faisons chacun de notre côté. Cependant, au fil du temps, je me rends compte qu'il n'est pas tout à fait comme ses amis, qu'il commence d'ailleurs à voir de moins en moins. Au point que je m'attache de plus en plus à lui.

Mes parents ne savent rien de la tournure prise par notre relation ; je dors chez lui – il habite encore chez sa mère – et rentre le matin de bonne heure, comme si je rentrais d'une soirée avec mes copines afin qu'ils ne soupçonnent rien.

Mais maman finit par se douter de quelque chose. Elle essaie de me faire croire qu'elle accepte cette relation, mais ne se gêne pas à la moindre occasion pour me faire une remarque.

« C'est un voyou, il a traîné très jeune dans les rues, c'est un drogué, comme ton frère. Tu vas vraiment pas bien ma pauvre fille ! »

Elle est jalouse de Damien, mais aussi jalouse de la mère de Damien parce qu'elle pense que je l'aime davantage que ma propre mère ! Elle déteste surtout que je m'éloigne d'elle, que son autorité ne fonctionne plus sur moi. J'en éprouve un certain plaisir, je suis contente de m'opposer à son avis, et peu importe si elle a raison sur le fond.

Parfois, avec son fils aîné, elle me pose des questions sur ma relation avec Damien.

« Comment c'est possible que tu aies un petit copain alors que tu es toujours pudique à la maison ? »

Bien sûr que je me cache devant mon aîné, qu'est-ce qu'il croit ? Il m'exaspère, je le hais.

« Je connais mieux Damien que toi, il ne restera pas très longtemps avec toi. Tu n'es pas une fille pour lui », me lance-t-il.

Comme toujours, je lui réponds de façon très vulgaire et agressive.

Je finis par passer mes vacances chez Damien pour échapper à leurs humiliations. Je ne rentre que pour mettre mon linge à laver. Je suis seule chez sa mère pendant la journée, tous deux travaillent. Les après-midi, je vais à la plage, je rentre après le travail de Damien. Je suis acceptée et appréciée par sa famille, simple et gentille. Je reste un peu réservée les premiers temps. J'observe cette famille, si différente de la mienne. J'évite de parler de mes parents et de mes frères ; si on me pose des questions, je ne dis surtout pas ce que je pense réellement, je donne la meilleure image possible des miens. Ça a toujours été ma façon de faire, cacher ce quotidien pénible que me font vivre maman et son fils.

Damien n'estime pas beaucoup ma mère, il accepte de venir chez moi quand il le faut, pour un repas, mais uniquement pour me faire plaisir et parce qu'il apprécie mon père malgré tout.

Mes parents et mon frère Paul profitent de l'été pour partir en Allemagne, en voyage organisé par l'amicale des pompiers. Je dispose donc de la maison avec Damien pendant une semaine. Seul point noir, mon frère aîné prévoit de venir faire une « teuf ». Mais j'ai l'espoir qu'il changera d'avis, maman lui ayant interdit de ramener des amis à la maison.

Or, dès le premier soir, il débarque avec tous ses potes. Ils vivent dans des camions, ne travaillent pas, se droguent, passent leur temps sur les routes. Ils poussent tous les meubles du salon, envahissent les lieux avec leur matériel de sono. Je ne peux rien dire, il me domine.

Le lendemain matin, ils sont tous vautrés sur le canapé ou sur le sol, dormant ou comatant. La maison est dans un état déplorable, j'ai envie de hurler, de tous les foutre dehors, mais encore une fois la réaction de mon frère m'effraie. Je n'ai surtout pas envie de me prendre une claque devant Damien. Nous quittons les lieux en cours de journée. Damien ne me parle pas de ce qui vient de se produire. Je pense qu'il n'apprécie pas le comportement marginal de mon aîné ; c'est un mode de vie qu'il a lui-même connu à une époque et dont il a peut-être voulu s'extraire par notre histoire.

Quand je raconte ces événements à mes parents à leur retour, cela ne suscite pas de réaction particulière ; même si ça ne plaît pas à mon père, il ne dit rien, il semble blasé par le comportement de son fils.

Pourtant, j'ai le souvenir d'une dispute entre eux, au cours de laquelle papa a attrapé son fils, l'a maintenu contre la porte d'entrée, le poing prêt à le frapper en pleine figure.

« Allez, vas-y, cogne-moi si tu as des couilles », lui criait son fils.

Même si je le hais, je pense que cette dérive, cette façon de se nuire à lui-même et à son entourage est la conséquence de notre enfance : cette mère qui nous rejette pour ensuite nous rendre à notre insu dépendants d'elle. Toute l'attention qui m'était apportée, comment mes frères l'ont-ils vécue ? Ils auraient de bonnes raisons après tout de me détester ; l'attention de notre mère se focalisait surtout sur moi et entraînait la compassion de tout notre entourage pour cette petite fille malade. Quelle a donc été leur part ?

L'emprise sur le père

Après cette année libératrice et émancipatrice, j'entre en septembre dans le lycée privé que j'ai choisi, à Jarnac, en Charente, où je vais préparer mon BEPA service aux personnes pendant deux ans. Je vais être interne et devoir m'y rendre en train.

Cette perspective me rend un peu triste : je ne verrai pas Damien de la semaine. Nous nous arrangeons avec mon père : c'est lui qui m'emmène à la gare le lundi matin, tandis que le vendredi soir, Damien vient me chercher. Les semaines d'école me paraissent longues, nous communiquons par SMS et nous nous téléphonons.

Je dois effectuer plusieurs stages dans des lieux différents. Je retourne à la crèche de l'île d'Oléron. Je suis toujours aussi contente d'y travailler, l'équipe est toujours aussi agréable et le contact avec les enfants passe bien. Je me sens épanouie, je nage en plein bonheur. Durant les trois semaines où je dois travailler ailleurs, je décide de retourner dans la maison de retraite ou travaille maman ; j'ai beaucoup moins d'appréhension et je me rends compte que je m'entends bien avec les personnes âgées ; j'aime discuter avec elles, je réalise qu'elles apprécient que l'on prenne le temps de rester près d'elles et de les écouter. En revanche, je ne me sens toujours pas capable de réaliser les soins. J'éprouve une certaine compassion pour ces personnes qui n'ont pas choisi d'être là, j'ai l'impression qu'elles ont perdu les notions qu'elles pouvaient avoir pendant leur vie « active ». Elles se soumettent complètement au personnel soignant.

Sur le plan scolaire, c'est une année plutôt positive et qui se passe bien. J'obtiens également mon permis de conduire après plusieurs tentatives.

En revanche, sur le plan familial, l'année sera marquée par un événement qui laissera des traces extrêmement marquantes et perturbantes.

L'été 2001, mes parents ont un accident de voiture alors qu'ils partent en vacances chez mon grand-père maternel à Arcachon.

Il a fallu découper la voiture pour évacuer mon père dont la jambe gauche a été blessée. Il a été emmené par les pompiers à l'hôpital le plus proche. Ma mère, elle, n'a que quelques hématomes.

Elle va nous rendre la vie infernale pendant l'hospitalisation de papa. Damien et moi sommes à sa merci, il faut l'accompagner partout où elle le désire et quand elle le désire. Si nous avons le malheur de refuser, elle exerce une telle pression sur nous que nous sommes de toute façon obligés de céder.

« On ne peut rien refuser à son parent. Et avec tout ce que j'ai fait pour toi, c'est comme ça que tu me remercies ? Donc tu ne m'aimes pas, je ne peux pas compter sur toi ? » m'assène-t-elle.

Je comprends mieux comment elle a toujours pu obtenir ce qu'elle voulait.

Elle s'inquiète beaucoup de l'état de la jambe de papa : il a beaucoup trop mal, la douleur n'est pas suffisamment soulagée, l'opération a dû être mal faite, la guérison est trop longue, sa jambe reste beaucoup trop enflée. Elle lui demande sans arrêt si sa jambe le fait souffrir, elle ne cesse de répéter que ce n'est pas normal.

Je suis spectatrice de toute cette énergie qu'elle déploie pour papa, je bouillonne, je sens qu'elle recommence : elle va exagérer les symptômes que présente papa, le convaincre qu'il souffre, que l'opération est ratée, qu'il faut recommencer... Pourtant, je ne fais pas l'association à cette époque avec ce que j'ai moi-même vécu.

J'ai l'impression que mon père est un train de subir un lavage de cerveau, elle lui rabâche sans cesse les mêmes choses et soutient que les personnes qu'on pense être des amis ne le sont pas, puisqu'ils ne viennent pas le voir assez souvent à son goût.

Elle semble également déterminée à faire tout ce qui est possible pour que l'assurance de la personne ayant provoqué l'accident leur verse une somme d'argent assez importante. Elle demande ainsi à mon père de prendre une canne lors des rendez-vous avec le médecin expert, alors qu'il ne s'en sert jamais le reste du temps.

Le climat à la maison est insupportable, cet événement prend une ampleur hallucinante, ma mère m'épuise psychiquement. Je suis usée. Je n'en peux plus, mais je me tais pour qu'elle n'essaie pas de me convaincre coûte que coûte que tous ses efforts sont pour le bien de papa.

Il finit par la laisser décider pour lui. Elle l'emmène dans une clinique où elle connaît le chirurgien orthopédiste :

« Il est bon, il va réparer les conneries de l'autre bon à rien. »

Parallèlement, elle décide de solliciter un avocat pour porter plainte contre le premier chirurgien qui a « raté » l'intervention. Elle prétend qu'ils s'y sont pris trop tard, que papa va avoir des séquelles. Le directeur ne voulant pas inquiéter le chirurgien pour cette affaire annonce à ma mère qu'ils vont s'arranger avec l'assurance de l'hôpital : elle obtient une indemnisation.

Mais cela ne lui suffit pas, elle fait pression sur papa régulièrement, elle lui rappelle les séquelles que la première opération lui a laissées :

« Jamais tu ne pourras reprendre ton travail, mon pauvre Alain ! »

Il se retrouve en arrêt pour longue maladie, ils arrêtent de payer les mensualités du crédit pour la maison grâce à l'assurance décès invalidité liée au prêt, tandis que la compagnie d'assurances du conducteur ayant provoqué l'accident verse une très bonne indemnisation.

Tout cela tombe à pic, je me dis qu'elle va pouvoir rembourser toutes ses dettes ; mais non, elle dépense cet argent à tort et à travers, sans bien sûr se soucier des personnes à qui elle doit de l'argent. J'ai honte quand je croise nos créanciers, ils doivent nous prendre pour une mauvaise famille, mesquine et infréquentable.

Finalement, à la longue, nous nous sommes habitués à cette nouvelle vie : papa ne travaille plus, maman s'agite pour qu'il soit reconnu inapte. Il obtiendra d'ailleurs un pourcentage de handicap, une pension par la CAF et une carte de handicapé par la COTOREP.

Actuellement, je ne le reconnais plus. Il a grossi, il n'a plus de vie sociale, plus d'activité professionnelle, il semble aigri. Il est en admiration devant tout ce que fait sa femme.

Je me rends compte qu'elle est prête à tout dévaster sur son passage pour parvenir à ses fins.

VERS L'INDÉPENDANCE

Ma terminale professionnelle se passe bien : je continue de voir Damien les week-ends, ma mère me laisse en paix avec mes problèmes de santé et, cette année, je peux effectuer tous mes stages à la crèche : cela sera pris en compte dans l'examen final, le BEPA.

Je suis assez confiante : je veux mon diplôme, je veux arrêter l'école, je veux trouver un travail et m'installer avec Damien. Pourtant, j'aimerais passer mon bac, mais je sais que j'en suis incapable vu le retard scolaire que j'ai accumulé, et je veux partir de chez moi, vivre ma vie, à distance de maman.

L'examen passé, je postule pour l'été à un poste d'animatrice dans un centre de loisirs ; je n'ai pas le brevet d'aptitude aux fonctions d'animateur (BAFA), mais comme j'ai de l'expérience en crèche, je suis prise. Je vais donc y travailler pendant deux mois. Je passe le meilleur été de ma vie. Je travaille dix heures par jour, cinq jours sur sept, mais je n'ai vraiment pas l'impression de bosser : les enfants sont géniaux, les animateurs aussi, je me sens vraiment bien auprès d'eux. Et, apparemment, c'est réciproque, puisqu'à la fin de la saison, on me propose un remplacement en septembre jusqu'à la fin des vacances de la Toussaint.

Une fois cette période passée, ma seule activité se résume à du baby-sitting à droite et à gauche. Je décide donc de passer le concours d'auxiliaire de puériculture, espérant ainsi trouver plus facilement un travail au sein d'une crèche.

Je reçois les résultats en novembre 2002 : je n'ai pas réussi le concours. Je me mets donc à chercher un travail dans n'importe quel domaine. Tant pis si c'est le prix à payer pour être ensemble avec Damien ! Je réponds à une annonce de démarchage pour produits cosmétiques en faisant contre mauvaise fortune bon cœur : ce sera une nouvelle expérience. J'écris aussi à l'hôpital de Saintes en me disant qu'on me proposera peut-être un poste en pédiatrie en tant qu'animatrice, même si je n'y crois pas vraiment.

En décembre, alors que je fais du baby-sitting auprès d'un petit garçon de 3 ans, mon téléphone portable sonne : c'est l'hôpital de Saintes, un cadre du service de gériatrie me demande si je peux me rendre à un entretien dès le lendemain. C'est une grosse déception, tout mais pas ça ! Pourtant, j'accepte. Je veux un travail, on m'en propose un, je ne vais pas refuser. Je repense à cette directrice à l'école qui me répétait sans cesse qu'il y aurait toujours du travail auprès des personnes âgées, contrairement au domaine de la petite enfance. Elle avait donc vraiment raison ?

Je me sens mal à l'aise lors de l'entretien, j'ai le sentiment d'être la petite fille d'avant, qui n'ose pas affirmer ses pensées, ses choix, se mettre en avant. Selon moi, c'est un échec total.

Pourtant, quelque temps plus tard, l'hôpital de Saintes me rappelle, me demandant de revenir pour visiter le service de gériatrie et signer mon contrat pour une période d'essai.

Je commence en janvier 2003. Au moment de prendre mon poste, j'appréhende, j'ai peur de ne pas arriver à me contenir et, comme lors de mon stage, prendre la fuite. Pourtant, il ne le faut pas, c'est l'occasion de devenir autonome avec Damien. L'occasion de peut-être pouvoir couper le cordon avec maman. Je garde donc en tête de rester quelques mois à Saintes ; ensuite, quand l'été arrivera, je retournerai faire une saison au centre de loisirs.

Finalement ma première journée se passe bien. Je suis la plus jeune du service et un peu réservée, mais mes collègues m'accueillent chaleureusement. Elles m'appellent tendrement « le bébé du service ». Je me sens bien avec elles ; sans m'en rendre compte tout de suite, je me mets dans la peau de la petite fille que j'étais jadis. Je me laisse dorloter, chouchouter, materner.

Je retrouve le contact relationnel que j'avais avec les personnes âgées lors de mon dernier stage. C'est ce que je préfère, échanger avec les patients et leurs familles.

En revanche, je prends sur moi pour les soins de *nursing* ; je déteste ça toujours autant, mais je ne veux pas décevoir mes collègues ou qu'on rompe mon contrat. Car plus les semaines passent, plus j'abandonne l'idée de quitter mon poste. Je me sens bien, j'ai trouvé « une petite famille sympathique. » Je ne leur raconte pas grand-chose sur moi et quand elles me posent des questions sur ma famille, je défends l'image d'un bonheur parfait. Aux yeux de ma mère, c'est d'ailleurs la définition de notre relation : complicité et proximité. Moi, je la vois comme une mère possessive, manipulatrice, menteuse, dépressive, exubérante, sans personnalité propre. Je voudrais dire à tout le monde que c'est une mauvaise mère. J'érige deux de mes collègues en modèle : aimantes mais sans excès, sincères, justes et discrètes. Voilà la mère que j'aurais voulu avoir.

Deux mois après mon embauche, je commence enfin les démarches pour m'installer avec Damien… qui n'est pas forcément pressé. Bien entendu, ma mère s'en mêle, elle me suit dans mes recherches d'appartement, persuadée que ça me fait plaisir et que j'ai besoin d'elle pour ces étapes. Je n'ose pas lui dire que je préférerais les accomplir avec Damien. Je ne sais pas comment il ressent l'intrusion de ma mère. Moi, j'ai l'impression de le mettre à l'écart et je n'aime pas ça. Il ne me parle de rien, il ne manifeste aucun mécontentement. J'en déduis que ça lui est égal ; il pense peut-être que cela me plaît d'impliquer ma mère et n'ose pas m'en parler, pour ne pas me « chagriner ».

Après notre emménagement, maman reste assez envahissante. Elle évite malgré tout de venir le week-end ; je vois bien qu'elle essaie de respecter notre intimité, mais il me semble que c'est difficile pour elle.

Adieu grand-père

Depuis le décès de ma grand-mère, mon grand-père vit avec une tante de ma mère que nous appelons « Tante-Nine », qui a elle-même perdu son mari quelques années auparavant. Du plus loin que je me souvienne, j'ai toujours détesté cette femme ; il y a une certaine méchanceté dans son regard, et j'ai le sentiment qu'elle n'est intéressée que par l'argent de mon grand-père, qu'elle se sert de lui. Ma mère n'a aucune affection pour elle non plus ; elle considère qu'elle prend la place de ma grand-mère, ce qui, je crois, est vrai. À une époque, elle s'est même brouillée avec elle, au point de ne plus voir son père pendant quelque temps. Elle m'avait alors expliqué que sa tante avait abandonné ses quatre enfants lorsqu'ils étaient petits, préférant, plutôt que de les élever, courir après les hommes. Elle la traitait de « putain », déclarait qu'« il n'y avait que le train qui ne lui était pas passé dessus. » Elle s'est peu à peu calmée et a repris contact avec mon grand-père et Tante-Nine.

Alors qu'ils habitaient jusque-là à Arcachon, ils décident de revenir s'installer près de maman en 2003. Très vite, je me rends compte que mon grand-père est malheureux avec Tante-Nine. Il ne parle pas beaucoup, il semble incapable de prendre une décision, on dirait un automate. Je ne peux m'empêcher de comparer Tante-Nine à maman : des manipulatrices, des calculatrices. Toutes ces années de silence où je me suis résignée à refouler tout jugement sur maman m'ont appris à reconnaître le goût du poison indétectable.

Je décide quand même d'en parler à maman, elle m'écoute et semble assez d'accord sur la description que je lui fais de mon grand-père. J'attends qu'elle agisse, elle va peut-être trouver une solution pour retirer mon grand-père des griffes de cette « sorcière ».

Quelque temps plus tard, maman reçoit un coup de téléphone au milieu de la nuit : Tante-Nine lui annonce que mon grand-père est tombé en voulant se rendre aux toilettes, elle a besoin d'aide pour le relever. Il est conduit à l'hôpital. On apprend que la tante a essayé de le relever seule en le tirant par le bras.

Suite à cet incident, ma mère fait le nécessaire pour le placer dans la maison de retraite où elle travaille. Sachant ce qui s'y passe, l'idée me glace le sang. Mais c'est apparemment la seule solution pour l'éloigner de Tante-Nine. Ma mère et elle se disputent encore à cause de ce placement. Sa tante accepte mal cette décision, car elle ne bénéficiera plus de la retraite de mon grand-père. L'argent, c'est donc bel et bien tout ce qui l'intéresse !

Je me rends tous les jours auprès de lui, à l'heure du déjeuner ou après mes heures de travail. Ma mère vient également le voir quand elle ne travaille pas. Je suis étonnée de sa gentillesse, elle prend soin de son père, elle est douce et attentionnée sans rien attendre en échange. Le fait-elle pour me faire plaisir ? Elle sait à quel point j'aime mon grand-père. À moins qu'elle n'ait changé ? Elle ne cherche pas à façonner ses pensées et se soucie de son bien-être tout en gardant la bonne distance. Comme j'aurais aimé qu'elle le fasse avec moi.

Je sens qu'il est heureux quand nous sommes tous les deux. Il me confie : « Je suis comme un coq en pâte », et il me parle beaucoup. Il me raconte des épisodes de son quotidien avec Tante-Nine. Je découvre avec horreur, et comme je le soupçonnais, qu'elle le maltraitait. Il n'osait rien lui dire. Je suis révoltée. Comment a-t-elle pu faire cela ? Pourquoi n'ai-je rien fait ? Je me souviens que lorsque j'allais chez eux en vacances à Arcachon, elle notait le résultat obtenu lors du contrôle glycémique capillaire de mon grand-père dans deux carnets : un premier où elle indiquait le bon chiffre et un second où elle reportait un résultat qui n'inquiéterait pas le diabétologue lors des consultations. Tante-Nine n'a pas le permis et elle craignait que les médecins poussent mon grand-père à arrêter de conduire si sa santé n'était pas au beau fixe ! Encore une fois, la petite fille a été plus forte que moi à l'époque. Elle se rattrape aujourd'hui comme elle peut.

Nous prévoyons bientôt une sortie à la plage avec ma mère et mon grand-père. Mais lorsque nous venons le chercher, il nous annonce qu'il est fatigué et a mal aux jambes. Nous décidons donc de reporter la promenade et restons avec lui jusqu'au dîner avant de le raccompagner dans sa chambre et de l'aider à se coucher. Je rentre chez moi en paix, je vois comme il est heureux et cela me comble.

Le lendemain, alors que je suis occupée dans la chambre d'une malade avec une collègue, ma chef vient me prévenir que je suis demandée au téléphone.

« Grand-père est décédé pendant la nuit », m'annonce ma mère.

Je suis sous le choc. Ce n'est pas possible, on venait de le sortir des griffes de l'autre sorcière, il était bien, il avait l'air d'être heureux.

Voyant ma mine défaite, ma responsable comprend qu'il est arrivé quelque chose de grave et m'autorise à m'absenter. Lorsque j'arrive à la maison de retraite, mes parents sont là ; je me jette dans les bras de maman, je pleure. Seulement dix-huit jours c'est tout ! Il aura vécu plusieurs années sous l'emprise de Tante-Nine et n'aura profité que peu de temps de sa liberté retrouvée.

Maman veut que j'entre dans la chambre où mon grand-père repose.

« Tu verras comme il est beau. Il est bien habillé, c'est moi qui m'en suis occupée. »

Papa n'est pas d'accord avec cette idée. Quant à moi, j'ai peur que cette image me perturbe et ce n'est pas celle que je veux conserver de mon grand-père. Pourtant, j'entre dans la pièce. Beau ? Ce n'est pas le mot que j'emploierai. Il n'est plus pareil, il ressemble à une poupée de cire. Je n'ose pas m'approcher trop près, ni le toucher.

Maman m'emmène pour choisir le cercueil. Je n'écoute pas le vendeur. Maman se retourne à chaque proposition pour avoir mon avis ; je hausse les épaules, je voudrais lui dire que je n'ai pas envie de choisir, ce n'est pas à moi de le faire.

Elle rapatrie le corps de grand-père chez elle. Elle fait installer le cercueil dans une chambre de la maison, convie les amis et la famille à rendre un dernier hommage à son père. Tout ce défilé me déplaît, je voudrais rester seule. Pourquoi maman fait-elle de ce deuil un événement festif ? Elle est tout excitée à l'idée que les gens soient peinés pour elle, qu'ils s'intéressent à elle – elle aime ça.

« Arrêtez d'accepter que tout le monde vienne voir grand-père mort ! Ça ne me plaît pas, ce n'est pas un spectacle ! »

Quand je lâche enfin ce que j'ai sur le cœur, mes parents ne me comprennent pas.

« Tu es vraiment spéciale ! »

Ils nient que maman cherche à attirer l'attention à travers le décès de grand-père.

Le jour de l'enterrement, une cérémonie religieuse a lieu, décidée par maman, alors que mon grand-père n'était pas du tout croyant. Je me mets à l'écart, je veux que personne ne me prenne dans ses bras, s'adresse à moi avec cette gentillesse hypocrite. Je retiens mes larmes, je ne veux pas montrer ma tristesse, je ne veux pas me faire remarquer. J'observe maman, elle pleure, tout devant dans l'église, elle se retourne de temps en temps pour vérifier qu'on la regarde.

Une fois l'enterrement terminé, je préfère rentrer chez moi, je ne tiens pas à aller chez mes parents avec tout ce monde s'apitoyant sur notre sort.

L'angoisse envahissante

Durant l'été 2004, le supérieur hiérarchique de ma mère change. Au début, elle semble l'apprécier mais, au fil du temps, son incapacité à entretenir de bonnes relations humaines se révèle, à tel point qu'elle finit par demander au médecin un arrêt de travail qu'elle renouvelle systématiquement. Ses revenus diminuent ainsi que son moral. Elle ne cherche pas à comprendre la raison de ses difficultés relationnelles, elle préfère en vouloir à tout le monde plutôt que de se remettre en question. Elle recommence à emprunter de l'argent à droite et à gauche. Par ailleurs, Paul n'étant pas très autonome pour ses affaires personnelles, il laisse maman gérer son compte. Quelle bonne affaire !

Maman m'appelle à n'importe quel moment, en pleurs, il faut que je vienne immédiatement. Comme je n'habite pas très loin, je ne peux pas refuser. Mais chaque fois, c'est la même chose : je ne suis pas la seule qu'elle a appelée pour être réconfortée. Toujours cette volonté de se faire remarquer, sans honte et sans pudeur. Je déteste ça, je déteste la voir dans cet état, et que les autres la voient comme ça. J'ai honte pour elle et ne suis pas tendre avec elle. Elle est affalée dans son fauteuil, en larmes, la respiration saccadée, mais tout ça sonne faux. Quelle bonne comédienne ! Elle annonce qu'elle va se suicider, mais je sais qu'elle ne le fera pas, j'ai 21 ans et je l'ai toujours entendu dire ça dès que ça n'allait pas. Ses amies et collègues, eux, sont inquiets, ils pensent qu'elle pourrait peut-être réellement en arriver à une telle extrémité. Elle prétend qu'elle va avaler une grande quantité de médicaments, ceux qu'elle prend pour son diabète. Je ne m'attarde pas quand je la trouve dans cet état, ça m'exaspère.

« Je connais ta comédie, tu ne feras rien, je le sais. »

Chaque fois c'est une blessure supplémentaire : non, ce n'est pas une vraie mère. Elle ne changera donc jamais ?

Paul a l'air triste de voir maman dans cet état. On dirait qu'il a de la compassion pour elle, ce que je ne comprends pas. Lui aussi a subi ses crises de colère, son acharnement et celui de son frère aîné à le rabaisser, l'humilier, se moquer. Il supportait ce torrent de méchanceté qui lui tombait dessus sans raison jusqu'au moment où il explosait, hurlait, frappait dans les murs, rouge écarlate, les yeux bouillonnant de larmes. Il me faisait de la peine. J'aurais voulu le consoler, lui montrer que je suis de son côté. Mais je préférais ne pas broncher, ne pas risquer que leur délire me vise à mon tour. Et puis, je ne pouvais m'empêcher de croire que tout ce qui nous était reproché était logique. Je n'arrivais pas à remettre en question leurs paroles. Oui, nous sommes des imbéciles, nos résultats scolaires le certifient formellement d'ailleurs : voilà ce dont ils avaient réussi à me convaincre.

Ma mère se retrouve poursuivie en justice par son employeur qui n'est autre que la commune. Elle nous demande de rédiger des attestations qu'elle nous dicte. Nous mentons tous, encore une fois, pour elle. Elle cherche à démontrer qu'elle est quelqu'un d'honnête, de juste, que les personnes âgées apprécient pour son dévouement. Elle nous affirme que le directeur et les « autres de la mairie » se sont monté la tête contre elle. À aucun moment elle ne reconnaît ce qui lui est reproché.

C'est un tel bouleversement que je ne me sens pas bien ; mais je ne parviens pas à exprimer ce que je ressens. Je n'ose pas parler de toute mon angoisse avec Damien, je crains qu'il ne me trouve bizarre. Mes collègues remarquent mon mal-être et je finis par me confier à l'une d'entre elles ; mais moi-même je ne comprends pas ce qui m'arrive, alors comment pourrait-on m'aider ?

Cela empire en septembre quand, pour la première fois depuis un an et demi que je travaille, je m'occupe d'une personne décédée. C'est une chose que je redoutais et que mes collègues m'ont toujours épargnée. Mais nous ne sommes que deux jeunes employées et, qui plus est, deux jeunes employées qui ne sont pas habituées à cette situation. C'est un moment difficile, l'image de mon grand-père se superpose à celle de la personne dont nous devons nous charger. Je rentre tard du travail, je suis angoissée mais n'en dis rien à Damien. Je m'isole dans la chambre pendant qu'il reste dans le salon. Je réfléchis à ce qui peut provoquer mon mal-être.

Il y a la situation difficile que maman traverse ; j'ai changé de responsable et en même temps de secteur, donc les collègues ne sont pas tous les mêmes, les patients non plus ; par ailleurs, comme Damien et moi faisons construire notre propre maison, nous avons déménagé en attendant dans la résidence secondaire d'un de ses oncles. Est-ce que tout ça s'est cumulé ? Je ne sais pas, je n'arrive pas à gérer seule mon anxiété croissante.

Je vais m'accrocher à maman comme à une bouée de sauvetage, aussi paradoxal que cela puisse paraître. La petite fille dont elle se préoccupait trop refait surface et recherche de nouveau auprès d'elle ce qu'elle a toujours cherché sans jamais pourtant le trouver.

Maman me donne des anxiolytiques, elle prétend que ça va me détendre, m'aider à dormir. Je vais souvent voir mon médecin traitant, je panique, j'ai peur. J'ai peur d'avoir une maladie, j'ai peur de mourir. J'ai peur de mourir dans mon sommeil, comme quand j'étais enfant. Il ne me rassure pas du tout, il m'explique que je suis hypocondriaque. Il ne comprend rien.

Quand mes parents partent en vacances, je me sens abandonnée. Qui vais-je appeler la nuit quand je panique toute seule dans mon lit ? Inconsciemment, je me laisse absorber par le

L'angoisse envahissante

passé, je me colle à maman comme à un aimant, j'offre à maman la possibilité de m'attirer de nouveau vers son amour possessif et empoisonnant.

Je l'appelle même si elle est loin, mais elle me répond qu'elle ne peut rien faire pour m'aider, que je devrais prendre un de ces médicaments pour me détendre, aller me coucher et que ça ira mieux demain.

Il faut que quelqu'un m'aide à comprendre ce qui m'arrive. Je téléphone à la petite amie de Paul, je sais qu'elle trouvera les mots justes pour me rassurer. Elle habite chez sa mère avec laquelle je m'entends bien également, elle me dit de venir passer un moment avec elles. Il est tard, j'annonce à Damien que j'ai besoin d'aller parler avec elles. Je leur explique ce que je ressens, que j'ai l'impression d'avoir des difficultés pour respirer, une douleur dans la poitrine, comme si je faisais un malaise cardiaque. J'ai des problèmes de digestion, des brûlures d'estomac. J'ai horreur de me plaindre, mais voilà c'est ce que j'éprouve, et plus j'éprouve ce mal-être, plus je panique. Elles me rassurent, elles m'expliquent que c'est l'angoisse qui provoque ces symptômes. Pourtant, ils me paraissent bien réels. J'ai mal partout, je sens que mes muscles sont contractés, j'ai mal aux épaules, aux côtes... Je vois bien qu'elles ne comprennent pas ce qui m'arrive. J'ai l'impression de devenir dingue. Damien se rend compte lui aussi que je ne vais pas bien, que je suis à la dérive. Il doit se sentir impuissant face à ma détresse, lui non plus n'y comprend rien.

Je décide d'aller voir un kiné, cela m'aidera sûrement à me détendre.

Lors d'une consultation avec mon médecin traitant où maman est présente, ils décident que je devrais aller voir un psychiatre. Je suis d'accord, je suis prête à tout pour trouver l'origine de mon mal-être.

Je me rends donc à la consultation d'un spécialiste qui m'a été conseillé par mon généraliste. Je lui expose les angoisses qui m'envahissent, ma peur de la maladie, de la mort...

« La peur de mourir, c'est humain, beaucoup de gens ont peur de mourir. »

Je comprends qu'il ne voit pas l'utilité de cette consultation, mais je ne suis pas du tout convaincue par ses arguments. Je veux quelqu'un qui puisse trouver l'origine de ce mal-être.

C'est dans ces circonstances que les fêtes de Noël approchent. J'appréhende le réveillon qui doit se dérouler chez mes parents avec mon frère le plus jeune et sa petite amie. Je demande à maman de ne pas inviter son fils aîné : il n'est pas question que je mange à la même table que lui. Maman voit à quel point je suis mal dans ma peau et elle ne sait pas quoi faire pour m'aider ; aussi, pour une fois, elle n'insiste pas trop et me donne satisfaction. J'ignore pourquoi, mais le monde m'oppresse, j'ai peur de mourir pendant le repas, de m'écrouler devant tous les convives.

Maman n'a qu'un seul coup de téléphone à passer et j'accours : nous partons toutes les deux faire les magasins. Je n'ai qu'à choisir, elle m'achète tout ce que je veux, m'habille de la tête aux pieds, paie mon Caddie...

Je n'y comprends rien, pourquoi dépense-t-elle autant pour moi alors que quelque temps après, elle est catastrophée et demande qu'on lui prête de l'argent ? Je refuse de m'y plier, il ne fallait pas m'offrir encore et encore si elle n'avait pas les moyens. Je suis tour à tour la gamine idiote ou la mère de ma mère, selon ses besoins.

C'est dans ce tourbillon émotionnel et dans cet incessant jeu de rôle changeant que les travaux de notre maison sont sur le point de se terminer, début 2005.

J'essaie de croire qu'après notre emménagement, j'irai mieux. En attendant, Damien et moi décidons de partir en vacances, il va m'apprendre à skier. Si cette perspective me réjouit, j'ai pourtant peur de partir, pourquoi ? Je n'oublie surtout pas d'apporter mes médicaments pour calmer mes angoisses et ceux pour les palpitations de mon cœur qui s'emballe parfois.

Les journées à la montagne se passent bien, mais dès qu'arrive le soir, je panique, persuadée que je vais mourir. Damien a beau être

L'angoisse envahissante

patient je vois bien que je l'agace. Je suis sûre qu'il n'y a que maman qui puisse me rassurer, mais nous sommes dans les Pyrénées, c'est loin de la Charente-Maritime. Je l'appelle malgré tout. Je voudrais pouvoir me calmer toute seule, mais c'est trop dur, je n'y arrive pas. Je suis recroquevillée sur le canapé comme la petite fille d'avant, je grelotte, je lui énumère mes nombreux symptômes par téléphone, je lui répète à quel point j'ai peur de disparaître.

« On ne peut pas mourir sans raison, si tu avais une maladie grave, tu t'en serais rendu compte il y a longtemps. Tu ne peux pas continuer à te comporter comme ça, sinon Damien va en avoir marre et il risque de partir. »

Ses paroles me réconfortent, je vais pouvoir aller me coucher. Maman à raison, il faut vraiment que je me secoue, il faut que j'arrête de me mettre dans la peau d'une petite fille qui chouine à longueur de journée, ça n'est pas supportable !

Damien me reproche de ne pas pouvoir vivre loin de ma mère, je sais qu'il a raison, mais je n'arrive pas à me détacher d'elle ; pourtant je le voudrais.

Nous envisageons une nouvelle évolution de notre couple, moi surtout.

« Si nous faisions un enfant ? »

Je pense que l'aventure d'une grossesse, la venue d'un bébé qui serait le nôtre, pourrait m'aider à faire disparaître mes angoisses.

Nous emménageons dans notre maison au printemps. Mais je n'arrive pas à m'y sentir bien, mon état psychologique ne s'améliore toujours pas. J'ai le sentiment d'être une enfant capricieuse et que je ne me sentirais bien nulle part de toute façon.

« Tu as tout pour être heureuse, il n'y a pas de raison d'avoir des idées pareilles ! La maladie, la mort, il faut que tu te sortes ça de la tête, bon sang ! » ne cesse de me seriner maman.

J'ai mal dans la poitrine de plus en plus souvent, cette douleur ne me quitte plus, j'ai l'impression qu'elle se trouve serrée dans un étau.

Un soir, alors qu'il est au moins 22 heures, je suis si paniquée que je vais au cabinet du docteur Pelletier. Je sais qu'il consulte tard. Je ne l'ai pas revu depuis mes problèmes de rein et je crains qu'il ne veuille pas me recevoir avec tout ce qui s'est passé. Mais il m'accueille au contraire avec un grand sourire. Je lui expose toutes les douleurs que j'éprouve, mon mal-être persistant, ma peur de mourir. Il m'ausculte, sérieusement, contrairement au médecin traitant que j'ai pu voir dernièrement, et ne me prend pas pour une hypocondriaque.

« C'est normal que tu puisses ressentir tout cela avec ce que tu as vécu enfant », m'explique-t-il doucement.

Je suis surprise qu'il ose me reparler de cette époque. Je ne lui réponds pas et ne lui pose aucune question. Je rentre me coucher, essaie de me détendre : je peux le croire, je ne peux pas mourir comme ça, tout d'un coup.

Le docteur Pelletier a depuis longtemps perdu tout intérêt pour mes problèmes de rein. Maman, elle, m'a passé le relais. C'est moi toute seule qui cours maintenant.

À l'hôpital, ce n'est pas mieux, je suis là sans y être. Parfois, alors que je suis perdue dans mes pensées, mon regard vient croiser celui de la personne âgée dont je suis censée m'occuper. Je reste figée, elle semble deviner ma détresse, ses yeux sont tellement expressifs que je ressens de la compassion ou de la pitié, je ne sais pas trop. La panique l'emporte, je me mets à pleurer. Je sors de la chambre, je vais voir une de mes collègues, Sophie, qui, dans mes pensées fantasmatiques, remplace ma mère. Quand je n'arrive plus à me contrôler, je vais la voir et lui demande un anxiolytique, celui que maman à l'habitude de me donner.

Je m'en veux de ne pas réussir à contrôler mes émotions devant les malades, je n'ai pas le droit. Eux aussi auraient de bonnes raisons d'être tristes. Ils sont à notre merci, leur vie se termine ici entre les quatre murs d'une chambre d'hôpital d'un service de gériatrie, avec les quelques photos laissées par la famille. Je veux leur faire comprendre que je sais ce qu'ils ressentent dans cet endroit, avec le personnel comme seule compagnie ; que je connais cette solitude qui les ronge, là, dans leurs lits, lorsqu'ils sont seuls.

L'angoisse envahissante

Sophie respecte parfaitement mon silence au sujet de mon mal-être. Elle ne me pose pas de questions. Nous nous retrouvons ensemble à une formation sur « la fin de vie ». Je n'ai pas choisi d'y participer, j'y ai été inscrite d'office, ce qui ne m'aide pas à gérer mes angoisses.

C'est un psychologue qui anime la formation, laquelle se déroule sur deux jours. Je suis anxieuse, en pleine confusion. J'espère que personne ne va le remarquer, je sais que si cela arrivait, je n'arriverais pas à contenir mes émotions, ce qui me mettrait en difficulté par mon incapacité à comprendre mon état, donc à pouvoir en verbaliser les raisons. C'est comme si j'étais la personne en fin de vie dont le psychologue parle. Mais au moment de la pause déjeuner, je craque, j'annonce à Sophie que je ne veux pas y retourner, que je ne peux pas.

Mais je n'ai pas le choix. Je dois trouver un moyen de me déconnecter de la réalité de ce que j'entends ; je fais en sorte que mon esprit s'évade.

Cette facilité pour ce psy à relater la fin de vie, la mort, me secoue. À la fin de ces deux jours, je n'ai qu'une hâte, m'échapper d'ici, je dois être la première sortie. Le psy tente de me retenir et de parler avec moi. Je me dis que je devrais me livrer à lui sans retenue, qu'il trouvera peut-être la raison profonde de mon état. Mais non, je sens qu'il va me poser trop de questions, je veux partir, personne ne peut trouver ce qui a provoqué ce tsunami interne.

Quelques semaines après cet épisode, ma mère reçoit une lettre anonyme qui semble m'être destinée et n'est pas faite pour apaiser mes peurs. L'auteur décrit pour quelles raisons on m'a enlevé un rein. Il parle de manipulation, de falsification d'examens, de juge des enfants, d'éloignement familial.

Maman est furieuse, elle pense que cette lettre à été écrite par la femme d'un médecin traitant qui s'est occupé de moi quand j'étais petite et qui fait partie de la mairie. Selon elle, elle ne l'a jamais appréciée, et comme ma mère est toujours en procès à cause de son travail, elle en profiterait pour rajouter une couche.

Ma mère demande au docteur Brissaud une lettre contredisant ces accusations afin qu'elle la présente à la justice. Malgré ma propre contrariété au regard de ce courrier anonyme, je trouve assez étonnant que M. Brissaud accepte de témoigner en faveur de ma mère.

Savoir que quelqu'un possède des informations sur moi, les divulgue et accuse ma mère de m'avoir enlevé un organe me donne le sentiment qu'on a violé mon intimité. En même temps, je ne peux m'empêcher de m'interroger : est-ce vrai que c'est maman qui a fait enlever mon rein ? Cela me paraît absurde, mais, après tout, elle donnait des coups dedans et je sais que des examens ont été réellement falsifiés, je l'ai vue faire avec son fils...

Madame,

Je me permets de vous écrire concernant le problème de votre fille Delphine.

Je tiens à souligner par la présente que l'ablation du rein gauche que j'ai dû réaliser chez votre fille n'était pas liée à la moindre contrefaçon de votre part et que la dégradation de son rein gauche est en fait une séquelle, d'une part, des chirurgies antérieures et, d'autre part, peut-être d'un accident de la voie publique qu'elle avait eu, il y a quelque temps auparavant et qui a pu compléter un rein gauche fragilisé et pour lequel la vascularisation s'effectuait dans de très mauvaises conditions.

Je vous joins le compte rendu anatomo-pathologique de cette pièce de néphrectomie gauche qui confirme qu'il s'agissait d'un rein malade et que la nécessité de la néphrectomie s'imposait.

Docteur Brissaud, urologue, CHU de Nantes.

Pourquoi prend-il son parti ? Ne s'était-il pas passé quelque chose de grave avec ces deux médecins en colère, à Nantes ? Pourrais-je jamais le savoir ?

UNE GRAND-MÈRE POSSESSIVE

Le test est positif ! Je cours dans toute la maison, folle de joie, pour l'annoncer à Damien :

« Je suis enceinte ! »

Ce samedi de juillet est le plus beau jour de ma vie. J'ai hâte d'annoncer également la nouvelle à ma mère, je sais qu'elle sera heureuse pour moi.

Elle me parle déjà de tout ce qu'elle souhaite acheter pour l'arrivée du bébé. Je ne prends pas ses propositions au sérieux, je sais bien que mes parents traversent de grosses difficultés financières. Je lui laisse annoncer la nouvelle à mon père, je n'ose pas l'en informer moi-même.

Un mois plus tard, lors de ma consultation gynécologique, je rappelle à ma spécialiste que je n'ai qu'un rein tout en lui précisant que je ne souhaite pas de suivi particulier. Je veux qu'il n'y ait que les sages-femmes qui s'occupent de moi, cela me semble logique.

« Néanmoins, en cas de problème, je suis suivie par le docteur Brunet.

— Très bien. Mais voyez-le au moins une fois en début de grossesse. Je lui fais parvenir un courrier. »

Bien que cette consultation ne me semble pas utile, j'accepte. Le néphrologue me demande simplement de réaliser une échographie rénale en milieu de grossesse. Ce sera l'opportunité de voir mon bébé une fois de plus, me dis-je.

De son côté, maman n'évoque pas cette question de mon rein et du suivi que cela impose en cas de grossesse.

Damien m'accompagne à ma première échographie qui a lieu en octobre. Le radiologue, spécialiste en échographie obstétricale, remarque que je n'ai qu'un rein.

« Vous êtes porteuse d'un rein unique.

— Oui », dis-je d'une toute petite voix furtive.

J'ai peur qu'il me pose des questions, mais il n'ajoute rien. Je suis soulagée de constater qu'il n'y a que le bébé qui l'intéresse.

« Le développement du fœtus se passe très bien. Je peux déjà vous annoncer le sexe du bébé si vous voulez. »

Tout émus, nous acquiesçons.

« C'est une fille. »

Je pense à maman : elle sera tellement heureuse de l'apprendre !

Elle commence à lui acheter plein de choses, nous partons des après-midi entiers toutes les deux pour faire les magasins. Elle m'offre du matériel de puériculture, des vêtements. Je me demande si en acceptant tout ça je ne lui permets pas de me garder dépendante d'elle ? Elle parle constamment de mon bébé avant même que ma petite fille soit venue au monde, elle l'envahit. Je décide de rester vigilante, je ne veux pas que maman accapare ma petite fille ; je sais qu'elles deviendraient très vite attachées l'une à l'autre, et que ma fille risquerait de me rabaisser pour mieux valoriser ma mère. J'ai peur que ma mère ne me vole ma fille, mais je veux aussi que ma fille soit indépendante, autonome.

Il n'est pas question que ma mère voit mon ventre rond, nu, ou encore qu'elle le touche. Son excitation devant l'arrivée prochaine de ce bébé m'exaspère. Bien évidemment, je n'ose pas le lui dire, elle va se braquer et se mettre en colère, prétendre que je suis spéciale et pleine de principes..Papa va bien sûr prendre sa défense.

Je lui annonce que je souhaite profiter pleinement de ma fille, que pour cela je l'allaiterai. Ces moments-là, au moins, ne seront rien qu'à moi, elle ne pourra pas me les voler.

J'ai des pensées qui m'angoissent. J'ai peur de mourir et de ne plus être là pour protéger et aimer mon bébé. Si je meurs, maman sera contente, elle pourra s'approprier ma fille, je ne serai pas là pour lui imposer des limites. J'ai envie d'en parler à Damien, de le mettre en garde contre ce qui pourrait se passer si je disparaissais, mais il va sûrement me trouver dingue. Je me tourne encore une fois vers la compagne de Paul qui, quand je lui parle de mon anxiété et de mes peurs, trouve toujours les bons mots pour me rassurer.

Je vis ma grossesse comme une aventure merveilleuse, je suis pressée de voir mon bébé, mais j'appréhende aussi le comportement de ma mère. Comment réagirai-je si elle se montre trop empressée avec ma fille ? Damien ne risque-t-il pas de se retrouver à l'écart si ma mère prend trop de place ? Je me sens seule et perdue face à toutes ses interrogations.

J'ai un peu de répit mi-janvier lorsque ma mère s'en va passer le concours d'aide-soignante dans un département voisin. Étant donné qu'elle est connue dans le nôtre pour tous les problèmes qu'elle a causés à son dernier employeur, elle n'avait pas d'autre choix. Elle doit se présenter à l'oral, elle parle bien, je ne doute pas de sa réussite. Le jury qui est en face d'elle ignore de quel genre de personne il s'agit vraiment. Quant à moi, elle sait que je ne la trahirai pas. Par mon silence et ma dépendance, je me suis sacrifiée pour sa survie.

Elle réussit son concours, elle nage dans le bonheur, alors que je rate tout ce que j'entreprends et que je ne me sens pas heureuse malgré mon congé maternité et ma grossesse qui arrive bientôt à son terme. La colère bouillonne en moi. Je voudrais l'extérioriser. Mais pourquoi, contre qui ?

Ce qui me console, c'est que ma mère sera peut-être loin le jour de la naissance de ma fille, ce qui la préoccupe d'ailleurs.

« Je veux être là quand mon petit « bibou » va venir au monde. »

Une grand-mère possessive

Ses paroles me dégoûtent, je veux être seule avec Damien ce jour-là.

Pourtant, le soir du 14 mars, c'est comme si j'avais oublié toutes mes craintes. Après quelques instants d'hésitation, j'appelle ma mère. Elle est en congés, donc chez elle. Je la préviens que nous partons pour la maternité.

Lila naît le lendemain, à 17 h 30. Les sages-femmes lui font les premiers soins lorsque le téléphone sonne dans la salle de naissance.

« C'est votre mère qui voudrait monter vous voir. »

Je n'y crois pas. Cela fait une demi-heure que ma fille est née, et elle est déjà là, à la réclamer. Elle n'a donc vraiment aucune retenue, l'idée ne lui est pas venue de nous laisser un peu d'intimité, d'attendre le lendemain ? Je suis furieuse malgré mon épuisement et refuse qu'elle vienne.

Pourtant, dix minutes après cet appel, elle débarque. Comme la présence de deux personnes seulement est autorisée en salle de naissance, on demande à Damien de sortir. J'ai envie de lui hurler de dégager, de me laisser avec Damien. Mais au lieu de lui exprimer clairement ce que je ressens, je me ferme totalement, je ne lui parle pas, ne fais aucun commentaire. De toute façon, elle ne m'écouterait pas.

Elle est en admiration devant Lila qui est dans mes bras. Elle se vante déjà d'avoir pu la voir la première. Elle m'écœure.

Au moment où une sage-femme vient pour nous accompagner dans notre chambre, Lila et moi, maman tente de prendre la petite dans ses bras.

« Laissez le bébé sur sa maman, s'il vous plaît, elle vient juste de naître, elle a besoin d'avoir le contact de sa maman. »

Je remercie intérieurement cette sage-femme, je n'aurais pas su dire non à ma mère, je pense.

D'ailleurs, dès que nous sommes seuls dans la chambre, maman s'empresse de me réclamer Lila. Je ne réponds pas, mais je soulève mes mains qui sont posées sur mon bébé pour lui faire comprendre qu'elle peut la prendre. Je ne lâche pas ma petite du regard, comme un enfant qui ne veut pas prêter son jouet. Sauf qu'un enfant, lui, il pousserait des cris, il saurait manifester son mécontentement, sa colère. Moi, je reste spectatrice, je n'arrive pas à exprimer mes émotions, mon refus de me laisser envahir par cette mère trop étouffante. Pourtant, j'ai peur qu'elle embarque ma petite princesse dans sa toile diabolique. Elle non plus elle ne saura pas se défendre, il faut que je sois là, toujours là, pour lutter contre le désir de ma mère. Mais si déjà je n'arrive pas à refuser qu'elle la prenne dans ses bras quelques heures après sa naissance, comment parviendrai-je à la protéger plus tard ?

Il faut que je montre à maman que je suis une bonne mère et que je n'ai pas besoin d'elle. Et en me voyant une mère si merveilleuse, je veux qu'elle prenne conscience à quel point elle a été néfaste pour mes frères et moi.

Cependant, après mon retour à la maison, maman prend de plus en plus de place dans ma nouvelle vie de famille. Elle vient chez nous tous les jours, elle m'apporte chaque fois un repas qu'elle a cuisiné. Elle prétexte que cela m'évite d'être trop débordée avec le bébé. Elle doit me croire incapable de gérer les nouvelles tâches qui s'imposent à la maman que je suis.

Damien n'apprécie pas cette intrusion quotidienne mais il ne lui dit rien. C'est sur moi que retombent les reproches :

« Tu ne peux pas lui dire de venir moins souvent ? Et elle pourrait frapper avant d'entrer, ce n'est pas un moulin ici, on ne rentre pas comme on veut ! »

Je sais qu'il a raison, je pense la même chose que lui, mais je suis incapable de lui répondre et, pire encore, incapable de neutraliser l'omniprésence de ma mère. Elle va se vexer, m'humilier, je n'ai pas le courage d'affronter ça.

« Je préfère passer mes journées avec mon cousin plutôt que de voir ta mère chez moi tous les jours. Ce n'est pas possible ! »

Je vis très mal cette dureté et cette absence de Damien alors qu'il a pris son congé paternité pour passer du temps avec son

Une grand-mère possessive

bébé. Quand je me lève la nuit, je constate que je suis toute seule avec Lila. Damien rentre assez tard de chez son cousin, le plus tard possible sans doute. Je nourris ma fille en pleurant. Je pense qu'elle ne peut pas se rendre compte de ma tristesse.

Le bonheur que j'attendais depuis neuf mois commence mal et c'est à cause de ma mère ! Pourquoi à cause d'elle ? Faut-il mettre de la distance entre nous ? C'est peut-être moi qui exagère la situation ? J'ai peut-être besoin d'elle ?

Je suis déboussolée.

Je suis seule chez moi avec mon bébé. Je l'aime, mais j'ai du mal à réaliser que c'est ma fille. Je tente de me rassurer, toutes les jeunes mamans doivent avoir le même ressenti, non ?

Mais pourquoi ce mal-être ?

C'est ainsi que, malgré la venue de Lila et la vie qui s'organise autour d'elle, deux mois plus tard je me sens toujours aussi perdue qu'avant ma grossesse.

À la maison, j'ai envie de ne rien faire, juste de me consacrer entièrement au bébé. Je m'occupe de Lila après mon travail et sa journée à la crèche, Damien rentre, nous mangeons, je couche la petite et pars m'isoler dans ma chambre. Je me recroqueville dans mon lit et je pleure comme une petite fille. Le pire est que je ne sais toujours pas pourquoi. Le lendemain, je me lève, la petite fille laisse la place à la maman et affronte cette nouvelle journée le mieux possible pour le bien-être de Lila. Je veux qu'elle soit heureuse, qu'elle ait de bons souvenirs de son enfance, une vie « normale ». Mais je délaisse complètement Damien et pense même que c'est peut-être à cause de lui, de notre vie de couple que je suis comme ça. Je trouve tout un tas de choses à lui reprocher et lorsque j'en parle à maman, elle est d'accord avec moi. Je suis prête à me séparer de lui pour revenir habiter chez mes parents.

Un dimanche, je fais part de mon souhait à Damien. Il ne comprend rien, bien sûr, puisque je lui parle peu depuis longtemps, préférant mon isolement à sa présence. Il pleure, il ne veut pas que nous nous séparions. Face à sa réaction, tout devient confus : il m'aime, moi aussi je l'aime, nous devrions peut-être simplement discuter davantage.

Au travail, je me surprends moi-même : j'ose avoir un certain esprit critique envers mes collègues et, timidement, j'affirme mes idées, qu'elles plaisent ou non, j'évoque ce qui me dérange dans l'établissement et propose des solutions. Mais ce nouvel élan me met mal à l'aise, mes collègues ne doivent pas comprendre pourquoi la petite Delphine se « rebelle ». Je ne veux pas avoir le sentiment que l'on ne m'apprécie pas parce que j'affirme mes idées. Je ne sais plus comment me comporter. Dois-je suivre le mouvement pour continuer de plaire à mes collègues ou « grandir » en continuant de m'affirmer ?

Je me détache peu à peu du petit groupe qui m'a maternée dès mon arrivé dans le service. J'apprends à mieux connaître d'autres collègues. Je sympathise beaucoup avec l'une d'entre elles. Je lui fais part de mon mal-être, de mes peurs, de mes angoisses. Elle tente de m'aider par son écoute ; pour moi, c'est énorme d'être écoutée. Elle me conseille d'aller voir une psychothérapeute qu'elle-même a déjà consultée. Je suis désormais prête à tout pour être aidée, pour que quelqu'un puisse enfin me dire pourquoi j'ai tant peur de mourir, un peu plus chaque jour.

Je me rends au premier rendez-vous avec la psychothérapeute un après-midi de septembre, après mon travail. Je laisse Lila à la crèche un peu plus tard que d'habitude. Je suis à la fois enthousiaste et tendue. Enthousiaste parce que peut-être je vais enfin découvrir les raisons de mon mal-être. Tendue à l'idée des questions qu'elle va me poser, de ce que je vais lui raconter.

Je commence par lui décrire les peurs qui m'envahissent, celle de la maladie qui amènerait à la mort, les douleurs que je ressens, le décès de mon grand-père qui m'a beaucoup affectée, les problèmes de ma mère avec son travail. Je pleure sans m'arrêter, je voudrais bien me contrôler, je me trouve ridicule, mais je n'y parviens pas.

La psychothérapeute me pose des questions sur mes douleurs, je crains qu'elle ne pense qu'elles soient imaginaires, comme maman qui me répétait que je les provoquais à force d'en faire une obsession, qu'elles étaient psychiques.

« Il y a bien un événement qui vous tourmente, les émotions que vous laissez apparaître le démontrent. »

Oui, mais qu'est-ce qui me tourmente ? Si je suis venue ici, c'est pour que l'on m'aide à le savoir.

La première séance se termine, nous avons pris plusieurs rendez-vous, je dois commencer un travail psychothérapeutique sur une longue durée. Je ne crois pas à cette nécessité, cela m'effraie. Il me semble que je lui ai tout dit et que c'est à elle de trouver la raison de mon mal-être.

Au deuxième rendez-vous, elle essaie de me tirer des informations qui pourraient nous lancer sur une piste.

« Il ne s'est rien passé lorsque vous étiez petite ? Le vécu de notre enfance nous suit toujours et si on a refoulé des choses difficiles, elles peuvent revenir à la surface à l'âge adulte, pour différentes raisons. »

Je comprends et j'adhère à cette explication. Mais j'ignore ce que j'aurais pu refouler.

« Non, non, ça a été, il n'y a rien eu de particulier dans mon enfance. J'ai été malade, mais ça va mieux maintenant. »

Non, ça ne peut pas être mes hospitalisations pour mon rein qui me tourmentent. Ça n'est pas possible. Je vais mieux maintenant.

La séance se termine, je prends la route pour aller chercher Lila à la crèche. Je n'ai plus envie de retourner voir cette psychothérapeute, il va falloir que je lui téléphone pour annuler les prochains rendez-vous. Se pose aussi la question de l'aspect financier : je ne peux assumer le tarif, non remboursé. Pour ces deux premières séances, c'est maman qui a payé.

Quelques jours plus tard, je décide de parler avec ma mère de la question soulevée par la psy.

« Il ne faut pas croire tout ce que disent les psys. Je ne comprends pas pourquoi tu te montes autant la tête. Tu as tout pour être heureuse : Damien, une jolie maison, une petite fille superbe. »

Mais pourquoi ce mal-être ?

J'ai l'impression de ne pas avancer, personne n'arrive à m'aider, je me débats dans tous les sens pour trouver la raison de mon mal-être, tous mes efforts n'aboutissent à rien et mon état empire.

J'ai l'impression que tout va mal, je voudrais changer de travail, le rythme ne me convient plus, je suis complètement décalée. Je n'ai plus envie d'être soignante, je ne veux plus porter cet uniforme. Je le vis très mal par rapport à ma fille, je veux l'assumer seule, être autonome, ne pas avoir besoin de quelqu'un pour l'emmener ou aller la chercher à la crèche. Les week-ends où ce n'est pas moi qui profite d'elle, c'est ma mère qui s'en occupe. Elle la garde chez nous, mais c'est tout de même elle qui passe la journée avec ma fille, pas moi. J'ai de plus en plus de mal à le supporter.

Une première déchirure aura lieu à Pâques, alors que nous sommes invités à déjeuner chez mes parents. Ma mère me prévient le matin même que son fils aîné sera là. Elle ne veut pas que je fasse « d'histoires », elle sait que je refuse de venir à un repas de famille en sa présence.

« Fais un effort pour me faire plaisir, je serai contente d'avoir mes trois enfants réunis. »

Elle en profite pour me parler de nos vacances dont nous sommes revenus un mois plus tôt avec Damien et Lila. Elle me dit que son fils aîné ne cesse de critiquer notre séjour à la montagne. Me dit-elle ça maintenant exprès pour tester ma capacité à me contrôler face à ce type que je ne peux pas voir ? Autant de questions, sans réponse évidemment.

Pendant le repas, je me retrouve assise juste en face de lui. J'ai horreur de son regard, il me dérange toujours autant que dans mon enfance. Il commence, il attaque, il m'adresse de multiples reproches puis en vient à évoquer nos vacances à la neige. Je réagis au quart de tour. Je réplique en l'insultant. Je déteste être grossière, mais avec lui, je n'arrive pas à faire autrement, c'est mon seul moyen de défense. Plus je l'insulte, plus il s'énerve. Il se lève, me frappe violemment à la tête du plat de la main, quitte la salle comme une furie, prend sa moto et part.

Câlins assassins

« Comme d'habitude, tu gâches le repas de famille ! » me lance mon père.

« Je te préviens, s'il lui arrive quelque chose, ce sera de ta faute ! » enchaîne ma mère.

Si elle savait comme ça m'est égal ! Paul se met à m'insulter à son tour, c'est la première fois qu'il s'en prend à moi avec une telle virulence. Sa petite amie ne dit rien, embarrassée.

Ni mon frère ni moi ne voulons plus nous revoir. Quant à Damien, je suis écœurée, il aurait pu prendre ma défense. Il n'a rien dit, rien fait.

Personne ne se soucie de savoir si j'ai eu mal, si je vais bien. Nous rentrons à la maison, nous ne parlons pas. Même Damien m'en veut ! Je prends une aspirine, cette gifle m'a donné mal à la tête. Nous continuons de vaquer à nos occupations sans reparler de cet événement.

Une relation confuse

En septembre 2007, je décide de reprendre mes études. Je retourne à la fac pour préparer un diplôme d'accès aux études universitaires (DAEU) littéraire (équivalent au baccalauréat) pris en charge par mon employeur. J'étudie le français, l'histoire, la géographie, l'anglais. J'apprécie cette distance avec mon travail.

Alors que je suis en formation, la crèche me téléphone un jour pour me prévenir que Lila fait de la température. Je leur conseille de lui donner du Doliprane et téléphone à ma mère pour lui demander d'aller la chercher.

« Je pense qu'elle sera mieux au calme, j'arrive dès que je sors de cours », lui dis-je.

Je suis en cours de route quand ma mère me rappelle pour m'annoncer qu'elle emmène Lila chez son médecin traitant. En colère, je raccroche, j'accélère. Ma mère n'a pas à décider d'emmener ma fille chez un médecin ! Un médecin que Lila ne connaît pas en plus, elle est suivie par un pédiatre. De quoi se mêle ma mère, comment ose-t-elle prendre ce droit ? Je n'emmène pas ma fille consulter pour la moindre fièvre ! À cet âge, ça peut être les dents, la croissance, rien qui nécessite d'emblée de s'affoler !

Lorsque j'arrive, elles sont encore dans la salle d'attente. Ce médecin ne connaît pas très bien maman, il ne sait pas grand-chose non plus des problèmes que j'ai eus. Il examine Lila et me fait la morale :

« Vous savez, un enfant peut avoir de la fièvre sans qu'il y ait d'explications évidentes. Donnez-lui simplement du paracétamol et ne venez consulter que si la température persiste au bout de quarante-huit heures. »

Je suis hors de moi et je pense qu'il s'en rend compte. J'en veux terriblement à ma mère de me faire passer pour une angoissée qui amène sa fille à tout bout de champ chez le médecin.

Il n'est plus question de demander à ma mère de chercher Lila lorsqu'elle a de la fièvre. Tant pis si je dois quitter mon cours pour m'occuper de ma fille.

Après neuf mois de formation, je n'obtiens pas mon DAEU. Je suis déçue, mais pas surprise.

Ma vie reprend sa routine : le boulot, la crèche. Maintenant, maman garde Lila lorsque Damien et moi travaillons tous les deux le week-end, mais je ne veux pas la laisser dormir chez elle. Les heures qu'elle passe chez mes parents me laissent déjà suffisamment anxieuse.

Un jour, je rentre chez eux sans frapper pour venir chercher la petite après mon travail. Je trouve Lila couchée sur le canapé, soigneusement emmitouflée dans une couverture. Mon cœur bat la chamade, mon sang bouillonne, j'enlève le duvet, prends mon bébé dans mes bras.

« Elle n'est pas bien, elle a de la fièvre, elle se repose. »

Je n'ose rien dire, mais je n'en pense pas moins sur la prétendue fièvre de ma fille. À peine à la maison, elle joue avec ses jouets.

À plusieurs reprises, j'ai également retrouvé Lila assise sur les genoux de ma mère devant la télé, regardant un DVD que mamie lui a acheté. Je n'apprécie pas qu'elle ne laisse pas ma fille jouer seule et qu'elle lui fasse regarder l'écran. Je suis inquiète. Maman est en train de tisser sa toile empoisonnée tout autour de Lila. Lila va se retrouver peu à peu mentalement paralysée si je ne fais rien. J'ai l'impression que je vais perdre ma fille.

Au cours de cette période relationnelle confuse entre ma mère, Lila et moi, j'apprends que je suis enceinte. Cette grossesse était attendue, mais Damien et moi décidons de ne pas en parler à ma mère pour le moment. À plusieurs reprises, nous l'avons entendue proclamer qu'elle n'aimait que Lila, que jamais elle ne pourrait aimer un autre enfant.

« Il n'y a que Lila qui compte pour moi. »

Je décide de rompre avec ce qui me rend dépendante de ma mère et d'imposer des limites entre sa vie et la mienne. Je ne lui donne plus mon linge à repasser, je refuse que nous fassions les courses ensemble. Mais comment me justifier ? Comment va-t-elle le prendre ? Va-t-elle me rejeter ? Le fait d'imposer mon choix, qui ne convenait pas à maman, me donnait le sentiment d'abandon.

Ma relation avec ma mère devient de plus en plus conflictuelle. On se brouille régulièrement, mais, chaque fois, elle me téléphone juste après pour que l'on se réconcilie. Je n'en peux plus, elle m'use, je suis fatiguée.

« Tu vas me tuer, tellement je n'en peux plus ! » lui dis-je parfois avant de raccrocher.

Damien se rend compte des difficultés que je rencontre avec ma mère, que cette relation devient difficile pour moi. Mais il se fâche lorsque je lui explique que j'ai peur d'exprimer à ma mère ce que je ressens.

Ce n'est pas grave si je fais de la peine à maman, ce n'est pas grave si je brise ses illusions d'une relation fusionnelle entre nous ; d'ailleurs, je veux briser toutes ces illusions qui sont fausses... Je dois maintenir un équilibre sain avec ma famille, Damien, Lila, notre futur bébé et moi.

Je prends donc la décision d'annoncer à maman quelques changements. Je me sens prête à affronter tout ce qu'il faudra pour accéder à ma liberté et à la protection de ma fille.

« Vous n'aurez plus besoin d'emmener Lila à la crèche le matin, je change mes horaires, je ne ferai que 13 h 30-21 h 30 désormais.

Et les week-ends, nous allons nous arranger avec Damien pour qu'il y ait toujours un de nous deux à la maison.

— Qu'est-ce que tu me reproches ? Tu ne supporteras pas, de toute façon, de travailler tous les après-midi. Tu viendras vite me redemander mon aide, tu verras ! »

La méchanceté brille dans ses yeux.

« C'est mon rayon de soleil, Lila, qu'est-ce que je vais devenir, moi, sans elle ? »

Elle me met hors de moi. Voilà ce qu'elle voudrait réussir à mettre dans la tête de Lila : mamie ne peut pas vivre sans toi.

« On viendra vous voir avec Lila une fois par semaine, en fonction de ma journée de repos. Je viendrai après sa sieste, et nous resterons jusqu'au soir. »

J'impose les règles maintenant.

Et je ne peux m'empêcher de penser de plus en plus que la psychothérapeute avait raison : peut-être que mon vécu de petite fille, mon passé hospitalier sont à l'origine de ce désarroi interne. J'essaie de solliciter ma mère. Je lui demande que nous rencontrions ensemble une psychologue, afin qu'elle m'aide à me souvenir ; elle est d'accord, mais ne prend pas le rendez-vous. Je lui propose alors que nous allions voir le docteur Brissaud : lui me dira ce qui s'est passé, la vérité sur toute cette histoire. Encore une fois, elle acquiesce, mais ne prend pas le rendez-vous. Or, c'est toujours elle qui a pris les rendez-vous.

Elle n'est préoccupée que de Lila :

« Pourquoi tu me prives de ma petite-fille ? J'ai tant besoin d'elle, en plus en ce moment, je n'ai pas le moral. »

Voilà un argument qui me conforte dans mon choix. Lila n'est certainement pas un jouet ou un petit animal de compagnie. Lila est une enfant qui doit vivre pleinement sa vie de petite fille ; une vie pleine d'insouciance qui ne laisse pas la place aux problèmes des adultes.

Quant à moi, je ne compte pas lâcher ma mère. Si elle ne veut pas rencontrer de spécialistes, je veux au moins qu'elle réponde à mes questions.

« Maman pourquoi tu tapais sur mon rein quand j'étais petite, pourquoi tu falsifiais les résultats du laboratoire, c'était quoi cette histoire de juge des enfants ?

— Mais enfin, qu'est-ce qui te prend ? Pourquoi tu me reparles de tout ça ?

— Tu te rappelles la psychothérapeute que j'ai vue ? Je me dis qu'elle avait peut-être raison, le vécu de mon enfance est peut-être à l'origine de mon mal-être.

— N'importe quoi, toi avec tes psys ! Il ne faut pas croire tout ce qu'ils te disent. Et puis si j'ai fait tout ça, c'est pour ton bien, pour que les médecins comprennent que tu étais vraiment malade. »

Elle se met à pleurer, moi aussi. Nous devons vite nous calmer, mon père va rentrer, Lila se réveiller.

Mais je décide de ne pas en rester là. « C'était pour ton bien » ? Cela me laisse perplexe. Si les médecins pensaient que je n'étais pas malade, pourquoi voulait-elle absolument leur démontrer que quelque chose était anormal chez moi ? Il faut que j'en aie le cœur net et je veux que papa soit présent cette fois. Peut-être prendra-t-il ma défense, il ne sera sûrement pas d'accord avec les propos de ma mère.

« Qu'est-ce que tu viens nous faire chier quinze ans après avec ça ? Si ta mère à fait ça, c'était pour ton bien. Tu nous fais chier avec toutes tes questions !!! »

J'ai mis papa en colère, il part en claquant la porte.

Je ne sais pas trop quoi penser. Je prends de plus en plus de distance avec maman. Je comprends que mon désarroi vient d'elle, de la relation que l'on entretient, de sa possessivité. Il faut que je me détache de cette pression que maman exerce sur moi.

Maman s'aperçoit que je souhaite que notre relation évolue, mais pas comme elle le souhaiterait. Elle me demande régulièrement pourquoi elle peut moins voir Lila. Je prétexte des raisons diverses : je n'ai pas le temps... c'est mieux comme ça...

« Il y a une loi qui donne des droits aux grands-parents. Si je fais appel à la justice, je la verrai davantage, la juge t'imposera des temps de visite et de garde pour nous. Tu n'auras pas le choix. »

Une relation confuse

Je suis révoltée. Comment la justice pourrait lui donner ce droit après son comportement avec moi ? Je ne sais pas tout, mais je sais que cela devait être grave. La colère des médecins, la juge des enfants, la falsification des analyses, les coups de poing sur le rein... Il n'y a que moi, elle et son fils aîné qui le savons, mais pour arriver à faire comprendre à maman qu'il faut qu'elle change, que notre relation change, je suis prête à dévoiler notre secret, chercher la vérité. Je suis prête à trahir maman, je me fiche des conséquences pour elle.

Plus d'un an après ma rupture avec mon plus jeune frère, je rencontre par hasard sa compagne. Je me suis toujours bien entendue avec elle et, depuis quelque temps, j'ai envie de renouer avec Paul. Je me mets à lui parler de tout ce qui me tourmente au sujet de mes hospitalisations, de mon rein, du comportement de maman avec Lila...

Quelque temps plus tard, je profite de la naissance de leur bébé pour tenter une approche vers eux. Nous leur rendons visite à la maternité. Ma belle-sœur a remarqué que maman n'a pas un comportement vraiment « normal ». Je me sens comprise et lui annonce ma seconde grossesse. À part Damien, personne n'était au courant jusque-là.

Je décide maintenant de me confier à Damien, qui n'avait connaissance que d'une opération du rein subie et quand j'étais petite. Je ne sais pas ce qu'il pense de mon histoire. Je pleure, il reste mutique.

Un week-end, pendant que je travaille, maman a profité de mon absence pour téléphoner à Damien et nous inviter à manger chez elle. Elle sait que Damien, même s'il n'en a pas envie, acceptera pour lui faire plaisir. Je crois que maman pense que mon comportement actuel est un caprice d'enfant gâté et qu'elle va pouvoir obtenir l'aide de Damien pour me faire changer d'avis. Je dois avouer que je crains qu'elle n'y arrive. Même si Damien connaît un peu mon histoire, il ne m'a peut-être pas cru et peut se laisser endormir par le beau discours de maman.

Elle nous réunit donc le 12 juillet 2008, Paul, sa compagne, leur petit garçon, Damien, Lila et moi. Je me doute qu'il va se passer quelque chose, que ce repas est pour elle une façon d'arriver à obtenir ce qu'elle souhaite.

Je mets Lila en pyjama dans une des chambres, maman me rejoint et profite que nous soyons seules pour me demander que je lui laisse Lila un après-midi pour l'emmener faire du manège.

« Non, il n'en est pas question, si tu veux la voir faire du manège, tu viendras et tu la regarderas, mais c'est Damien et moi qui l'emmènerons, nous souhaitons profiter de notre week-end avec notre fille. »

Je rejoins Damien pour lui raconter ma brève discussion avec maman et lui faire part de mon état d'énervement.

« On ne restera pas longtemps, on prétextera que Lila est fatiguée pour s'échapper d'ici », lui dis-je.

En plein milieu du repas, ma mère s'adresse à Damien et lui demande si elle peut emmener Lila faire du manège. Je n'en reviens pas de son culot ! Je me précipite pour lui répondre et refuser.

« Je vais vous attaquer en justice, les grands-parents ont des droits ! »

Je la regarde droit dans les yeux :

« Si tu fais ça, je demande la réouverture de mon dossier au juge des enfants, je ferai des recherches sur mon passé hospitalier, je ferai connaître toute l'histoire et c'est contre toi que la situation se retournera ! »

Je rassemble nos affaires pour partir. J'ai envie que cette dispute enclenche un éclatement de tous les secrets de maman, de toutes ses manipulations malsaines.

« Allez vas-y Paul, dis-lui que tu es au courant des 30 000 euros qu'elle t'a volés pendant toutes ces années, des virements de ton compte au sien qu'elle faisait à ton insu ! Il a fallu éplucher tes relevés de compte un par un pour s'en rendre compte !!! »

Maman s'assoit sur un fauteuil en pleurant.

« Je n'ai plus qu'à me tirer une balle dans la tête, si vous pensez que je suis si mauvaise que ça. »

Papa est parti en claquant la porte, je pense qu'il ne comprend rien à ce qui se passe, il n'a jamais cherché à comprendre d'ailleurs, sa passivité face aux événements de notre famille a ouvert la voie au pouvoir et à l'autoritarisme de maman, à l'emprise qu'elle a sur nous.

Ses paroles ne me touchent pas, elle ne me fera pas changer d'avis.

« Ce serait mieux que nous prenions de réelles distances. »

Elle nous suit jusqu'à la voiture, elle me demande si elle pourra toujours voir Lila. Je lui mens :

« Mais non, je ne t'empêcherai jamais de voir Lila, seulement, on va arrêter de se voir pendant quelque temps, ça nous fera du bien. »

Je sais au fond de moi que c'est la meilleure chose qu'il y avait à faire. Je n'ai aucune envie de revenir en arrière, je ne reviendrai pas vers elle. Non elle ne reverra pas Lila, non elle ne changera jamais. Cette rupture va me permettre de me dégager de cette emprise diabolique qu'exerce maman sur moi, sur Lila.

Toutes ces années de silence, de solitude, m'ont permis de reconnaître le goût du poison indétectable pour les autres ! Grâce à cette rupture, je vais pouvoir entamer un dur travail, celui de rechercher tous mes dossiers médicaux, revoir tous les médecins qui se sont occupés de moi à l'époque. Je veux retracer toute mon histoire. Cela pour peut-être réussir à me stabiliser, comprendre le désarroi intérieur qui me hante depuis tout ce temps. Je ne peux y arriver qu'en étant séparée d'elle.

J'ai passé ces deux dernières années à lutter contre la possessivité de ma mère envers Lila et j'ai compris qu'il fallait d'abord que je cesse cette relation de possessivité entre maman et moi.

Rassembler les pièces du puzzle

Le premier médecin que je revois est le docteur Hacquin. Je lui précise d'emblée que je n'ai aucun problème de santé, que je souhaite seulement parler avec lui de ce qui s'est passé à l'époque où « j'étais malade ». Il accepte de me raconter mon histoire. Damien est présent.

« Ta mère faisait tout ce qu'il fallait pour passer pour une bonne mère, attentionnée, dévouée. En terme médical, on appelle ça le syndrome de Münchhausen par procuration. Elle falsifiait les résultats d'analyses, les médecins avaient également des doutes sur les ECBU, ils se demandaient si elle ne rajoutait pas quelque chose avant de les apporter au laboratoire. Il y a eu un signalement auprès du juge des enfants, les médecins préconisaient un éloignement de la famille, un placement. Cette solution n'a pas été retenue, tu semblais trop perturbée pour être séparée de ta mère. »

Avant de partir, il me prend dans ses bras.

« Tu t'en sors très bien, tu es devenue quelqu'un de bien. »

Ses paroles me donnent confiance et me donnent envie de continuer, d'avancer.

Je suis abasourdie : il a confirmé la plupart de mes souvenirs. En revanche, c'est la première fois que j'entends parler du syndrome de Münchhausen par procuration. En fouillant sur Internet, je trouve toutes sortes de sites qui évoquent ce syndrome et j'y retrouve en effet des points communs avec le comportement de maman.

Il faut que je continue mes recherches, je veux savoir, je veux tout savoir et rencontrer tous les médecins qui ont eu un rôle dans cette histoire complètement hallucinante.

Le premier formulaire que j'obtiens pour récupérer l'un de mes dossiers médicaux est celui du professeur Verneuil, de Bordeaux, dont je me souviens. J'ai répondu aux questions de sa secrétaire, elle a vérifié que mon dossier était bien archivé. J'ai le cœur qui bat à l'idée de tenir bientôt entre les mains des documents officiels de mon histoire.

Deux jours après notre rupture, maman revient vers moi. Elle me téléphone plusieurs fois par jour, je ne décroche jamais, je veux qu'elle comprenne que ma décision est ferme et définitive. Elle vient jusqu'à la maison, essaie d'ouvrir la porte, qui est fermée à clé.

Un soir, alors que nous sommes chez mon frère pour l'anniversaire de son amie, notre mère, qui n'a pas été invitée, fait irruption chez lui, en pleurs. Elle veut qu'il sorte, elle veut lui parler. Mon frère refuse. Elle repart comme une furie, criant qu'elle va se planter, qu'elle veut mettre fin à ses jours. Cette intrusion assez violente refroidit l'ambiance. Je ne suis pas étonnée, elle aime se donner en spectacle. Elle en a même oublié son téléphone portable. Volontairement, je pense. Mon frère reçoit l'appel d'une amie de maman chez laquelle elle est allée pleurnicher.

Quelques semaines plus tard, nous recevons une assignation en justice envoyée par l'avocate de mes parents. Ils demandent un droit de visite et d'hébergement de Lila. Je n'en reviens pas, ils l'ont fait ! Je décide de ne pas répondre, d'attendre de voir ce qui va arriver. Après tout, ça ne serait pas plus mal que la décision dépende d'un tribunal. Avec notre passé, elle ne peut pas obtenir ce qu'elle veut. Le courrier précise que nous avons quinze jours à partir de la réception de l'assignation pour charger un avocat de se constituer pour nous, faute de quoi un jugement pourra être rendu sur les seuls arguments fournis par les demandeurs.

Je pense que maman veut me montrer que c'est encore elle qui domine. Elle croit qu'elle peut tout dévaster sur son passage, oublier et continuer son chemin comme s'il ne s'était jamais rien passé. Cela fait déjà vingt-cinq ans que j'oublie, que je refoule mes émotions et mes sentiments. Il est temps maintenant de les revivre pour accéder à mon vrai moi intérieur !

À l'appui du courrier de l'avocate sont reproduites des attestations de personnes qui sont peinées, qui ont pitié ou je ne sais quoi encore. Il y a aussi des photos qui montrent Lila chez mes parents. Avec sa petite poule, avec sa grand-mère, son grand-père. De colère, je déchire les clichés.

J'ai déjà retiré toutes les photos où ma mère apparaît. Je n'oublierai pas son visage, ni son expression fausse, mais je ne veux rien qui me la rappelle physiquement, je ne veux plus la voir !

1er septembre 2008

Depuis le 15 juillet 2008 nous n'avons plus de vos nouvelles, ne pensez-vous pas qu'il serait bien que vous veniez à la maison et que l'on discute, car se serait bien dommage que la famille soit déchirée ainsi, pour des raisons que nous ne comprenons pas.

Il est encore temps que vous fassiez marche arrière avant que cela ne soit trop tard.

Nous aimerions bien voir Lila, ne pas effacer ces deux ans et demi où elle nous a apporté beaucoup de bonheur et aimerions la voir grandir comme tous les grands-parents. Nous pensons, moi et ton père, ne pas mériter ce que vous nous faites subir depuis un mois et demi.

La porte vous est toujours ouverte et nous aimerions vous voir revenir.

Maman.

À vous deux,

Ne croyez pas que maman me manipule pour écrire, comme tu me l'as déjà dit Delphine : je prends mes responsabilités.

Ne plus voir Lila nous rend très malheureux.

Casser une vie de famille brutalement est pour nous dur à supporter. Il faut absolument que vous reveniez à la maison ou bien que vous nous donniez des nouvelles. Être obligés d'obtenir une décision de justice pour faire valoir nos droits n'est sûrement pas la meilleure solution.

Alors, je vous en supplie, il est toujours temps de revenir en arrière et puis il n'y a que les imbéciles qui ne changent pas d'avis.

La vie est encore longue !

Papa.

Revenir, certainement pas ! Ai-je mérité, moi, tout ce que j'ai enduré à cause d'elle ? Elle est convaincue que tout ce qu'elle m'a fait subir n'était pas pour me nuire, elle n'a aucune idée de ce que j'ai ressenti pendant toutes ces années d'hospitalisation, toutes ces années où elle m'a rendue dépendante à elle, où elle m'a injecté son venin qui m'a enlevé mon élan de vie.

Je possède enfin presque toutes les pièces manquantes du puzzle sur la vérité de cette histoire.

Mon corps, tous ces toubibs me l'ont volé, incisé, découpé, fouillé, mutilé. Je me suis sentie si souvent humiliée, tout ça pour rien ! Tous, ils se sont contentés de procéder aux examens pour chercher d'où provenaient ces douleurs alléguées par maman et moi, sans se poser de question !

C'était mon sacrifice contre son amour.

Maintenant, elle voudrait que j'oublie et que je continue d'entretenir un bon relationnel avec elle, ne pas déchirer cette foutue famille brutalement !

Les médecins se sont interrogés quelquefois, mais la détermination impitoyable de maman laissait le doute subsister.

Tout se bouscule dans ma tête, j'éprouve beaucoup de culpabilité : pourquoi n'ai-je pas dit la vérité aux médecins ? Pourquoi n'ai-je rien fait pour m'aider ? Je me mets à pleurer. Il faut que je leur dise la vérité aujourd'hui.

Il faut que je lui dise à elle aussi que je sais ce qu'elle a fait. Je sens en moi la colère. La colère contre elle mais aussi contre moi. Je regrette d'avoir accepté de « jouer » avec elle !

Je voudrais qu'elle ait des regrets, je veux l'entendre pleurer pour moi !

Se réapproprier une enfance volée

En septembre 2008, j'ai rendez-vous avec le Professeur Brissaud, que je n'ai pas vu depuis juin 2000.

« Votre mère est complètement tarée, barrez-vous loin, elle ne vous foutra jamais la paix. »

Je crois que je me souviens, mais j'ai peur de me souvenir. Il me parle des coups de téléphone incessants de maman, toujours très alarmants sur mon état, de la falsification des analyses, surtout d'une, celle qui l'a alerté. Il prend la responsabilité de la perte de mon rein.

« J'ai fait une infiltration d'un produit anesthésiant dans le tissu de votre rein, pour soulager vos douleurs. C'est cette injection sur un rein affaibli par les interventions précédentes et un accident de voiture qui a fait que votre rein n'était plus fonctionnel. C'est de ma faute, pas de la faute de votre mère. Quand je me suis aperçu de la falsification d'une analyse, j'ai demandé l'avis à des collègues, ce qui m'a amené à saisir le juge des enfants. »

Non, je ne suis pas d'accord, ce n'est pas sa faute s'il a dû m'enlever mon rein. J'ai envie de lui dire, au contraire, qu'il est mon sauveur, que c'est grâce à lui si tout s'est arrêté. Mais les mots restent bloqués dans ma gorge.

Je lui parle de mon passage au CHU de Bordeaux, dans le service du docteur Verneuil. Mais il ne comprend pas, il n'a jamais entendu parler de ce médecin.

Il me dit que je devrais demander la copie de mon dossier, celui qu'il a devant lui. Il m'explique où m'adresser pour en faire la demande. J'ai l'impression qu'il me reste plein de choses à comprendre. J'espère que mon dossier m'aidera.

En allant chercher Lila à la crèche quelques jours plus tard, j'apprends que ma mère est venue. Elle est entrée dans les locaux sans prévenir et a demandé à voir sa petite-fille. Je me retrouve alors contrainte de leur expliquer quelle est ma relation avec ma mère et ma démarche actuelle, ce que j'avais jusque-là évité.

L'acharnement de ma mère m'affole un peu. Elle est donc prête à tout pour voir Lila, malgré la procédure qu'elle a engagée. Lorsqu'elle tente de venir à la maison, désormais, je ferme les stores électriques pour ne pas qu'elle me voie par la fenêtre, j'appelle Damien, même s'il ne peut rien faire de là où il est, et préviens les gendarmes, même s'ils refusent d'intervenir pour un différend familial.

Un différend familial issu de maltraitances et pour lequel une procédure est en cours !

Lorsque je reçois mon dossier du CHU de Nantes, je suis atterrée. Mes souvenirs conjugués à tout cet amas de papiers me montrent à quel point tout le parcours pour ces fichus problèmes de rein est grave.

Pourtant, j'ai encore des difficultés à y croire. Je continue de me dire que ça allait, que ce n'était pas si terrible. Quoi de plus normal pour une enfant que de se sacrifier pour sa mère ? « Et puis, c'est maman qui savait, elle exagérait certes, mais j'ai sans doute été un peu malade. » Voilà l'idée qu'elle est parvenue à m'insuffler, ses mots qui sont devenus les miens et qui, même aujourd'hui, imbibent mon cerveau. Comment des psys pourront m'aider, si même moi je n'arrive pas à me défaire de cette toile que maman a tissée ?

Pourtant, je veux réussir. Je sais que je peux y arriver. J'ai réussi à déchiffrer le lien qui me retient attaché à elle : ma quête du rapport le plus profond qui soit, le rapport à la mère. Toute relation qui m'apporte l'intensité de celle que j'ai avec maman me fait peur. Je me tiens à l'écart, je me protège, je me défends. Je n'ai jamais réussi à m'affirmer, à me rebeller franchement. Aujourd'hui, je veux pouvoir le faire et, progressivement, je prends confiance en moi. Je perçois peu à peu que je suis une personne bien distincte de maman.

J'ai demandé à la sage-femme, lors de mon suivi mensuel pour la grossesse de mon deuxième enfant, de pouvoir bénéficier d'un arrêt de travail ; je me sens tout à fait apte physiquement à continuer mon travail mais pas psychologiquement. J'évoque des soucis personnels assez importants que je ne me sens pas capable de gérer en plus de mon travail et de ma vie de famille. En vérité, je veux surtout me consacrer à la recherche de mon histoire passée. Je vais maintenant me livrer à une course contre le temps. Je veux avoir dénoué cette histoire, je voudrais tenter de me reconstruire et de me stabiliser avant l'arrivée de mon bébé.

Je décide de téléphoner à l'hôpital mère et enfant du CHU de Nantes pour tenter de m'entretenir avec le docteur Gauthier. On me répond qu'il est en retraite depuis peu. Je contacte donc les renseignements téléphoniques. On me donne deux noms qui peuvent correspondre au médecin, à Nantes. Je compose le premier numéro : répondeur ; ça ne semble pas être lui. Je compose le deuxième numéro. J'ai une boule au ventre. Comment vais-je me présenter ? Va-t-il se souvenir de moi ? Il va peut-être trouver que ma démarche est sans importance ?

« Allô ?

— Bonjour, vous m'avez vue lorsque j'étais enfant.

— Oui, pour quelle raison ?

— Vous avez porté le diagnostic de syndrome de Münchhausen par procuration.

— Tu es la petite Delphine, à côté de La Rochelle. »

Je m'assois. Je n'y crois pas, il se souvient de moi. Il est d'accord pour que nous parlions de mon histoire. Il me propose un rendez-vous à l'hôpital où il se rend une fois par semaine.

Je décide maintenant d'obtenir les coordonnées du docteur Carrez, qui a également quitté l'hôpital. Lui aussi se souvient de moi. Je le rencontrerai beaucoup plus tard.

Les choses avancent, petit à petit, je rassemble tous les éléments qui me permettent de reconstituer mon histoire, je suis en train de me la réapproprier.

Lorsque je rencontre le docteur Gauthier, il commence par me dire qu'il me trouve bien. Il pensait trouver une femme plus perturbée. Je ne sais pas comment je dois le prendre. D'autant que même si je n'ai pas l'air perturbée, c'est le chaos total à l'intérieur de moi. Il a mon dossier sur le bureau, il me montre l'analyse qui a été falsifiée par maman, celle qui a permis aux médecins de faire un signalement auprès de la juge des enfants. Je n'apprends pas grand-chose de plus qu'avec le docteur Hacquin ou le docteur Brissaud. Mais je peux mettre un visage sur ce médecin en colère qui m'avait fait une forte impression à l'époque. Dans ce cheminement, c'est important que je puisse me représenter les personnes. Et cela me fait du bien que les médecins me parlent à moi et non à maman, de me rendre compte qu'ils ne me voient pas comme sa complice. Je peux enfin essayer d'exprimer ce que la petite fille ressentait, même si ça reste difficile.

Mon dossier contient aussi de la documentation sur le syndrome de Münchhausen by proxy, qui date de l'époque. Ils ont donc pris ce cas au sérieux, pour pouvoir m'aider. À l'époque, je pensais seulement qu'ils cherchaient à nous séparer maman et moi.

« J'ai rencontré très peu de cas comme le tien. Une fois, une maman est arrivée avec son enfant, qui avait fait un malaise avec perte de connaissance. La maman avait habilement provoqué ce malaise avec une injection d'insuline. »

Je suis donc un cas rare, mais ma mère n'est pas la seule à chercher l'admiration du corps médical. Ces femmes sont vraiment malades.

« Tu devrais malgré tout laisser ta mère continuer à entretenir une relation avec ta fille, dans un lieu neutre et encadré. Il ne faut pas que tu aies l'esprit de vengeance. »

Bien sûr que je ne veux pas avoir un esprit de vengeance mais je crains que cette relation entre Lila et ma mère ne me permette pas de marquer cette rupture entre moi et ma mère. Lila resterait entre maman et moi comme la cause d'un conflit permanent dans lequel elle se retrouverait entraînée et qui rendrait peut-être notre propre relation mère enfant compliquée.

Le docteur Carrez m'a dit, lui, lors de notre conversation téléphonique, de ne surtout pas revenir en arrière.

Comme à l'époque, le docteur Carrez penche nettement pour une séparation très prolongée alors que le docteur Gauthier pense qu'un suivi médical strict peut être encore essayé. Ils constatent tous deux, en tout cas, que mon évolution, malgré mon passé assez complexe, est plutôt positive et remarquent que l'homme avec qui je partage ma vie m'accompagne dans ma démarche et essaie de comprendre avec moi.

Quelques jours plus tard, je reçois un appel d'une psychologue du CHU de Bordeaux. Elle me prévient que le compte rendu de sa consultation ne pourra faire partie de la copie de mon dossier dont j'ai fait la demande, car ce n'est pas un document médical. Je n'ai aucun souvenir de cette psychologue. Je lui explique le bien-fondé de ma démarche et quel a été mon parcours. Elle me raconte qu'à l'époque elle avait préconisé un éloignement familial en raison d'une relation mère fille compliquée. Déjà quand j'avais 6 ans on a voulu nous séparer ! C'est étrange que je ne m'en souvienne pas.

Je me pose beaucoup de questions sur cette mémoire sélective.

Maman ne m'avait jamais parlé de cet entretien avec cette psychologue. Mais je comprends mieux pourquoi nous ne sommes jamais revenues dans cet hôpital.

Je trouve également stupéfiant que ma mère n'ait pas parlé de mes précédentes hospitalisations au docteur Brissaud quand elle m'a amenée à Nantes. Je suis convaincue que s'il avait eu

Se réapproprier une enfance volée

connaissance du contenu exact du dossier de La Rochelle et du dossier de Bordeaux, il aurait certainement alerté les docteurs Gauthier et Carrez bien plus tôt. J'aurais peut-être encore mon rein à l'heure actuelle.

Je suis happée par toutes ces découvertes, et le temps passe vite ; nous sommes en novembre 2008, cela fait déjà deux mois environ que je ne travaille pas. Je passe mes journées et mes nuits à rassembler les morceaux épars de mon histoire. Je suis aussi très inquiète au sujet de la procédure entamée par ma mère, j'ai peur qu'elle obtienne ce qu'elle demande. Il n'y a que moi qui sais détecter et comprendre le mécanisme de ma mère. Comment les juges pourraient se rendre compte de ses manipulations et avoir le cœur de priver des grands-parents de leurs petits-enfants ? Quotidiennement, en épluchant mes dossiers, c'est le ciel et la terre que je remue afin de faire entendre mon droit à prendre mes distances avec ma famille. Je ne sais pas où je trouve toute mon énergie et ma force morale. Mais j'ai bien l'impression que je vais y arriver, avec l'accord de la justice ou non ! Aujourd'hui, c'est moi qui prends les décisions. Je ne suis plus la petite fille soumise que ma mère a fabriquée.

Ma mère comprend que nous ne faisons plus corps ensemble et que je suis prête à tout pour protéger ma fille. Elle continue malgré tout de me surveiller, elle débarque à n'importe quel moment à la crèche pour apercevoir Lila, téléphone à ma belle-mère pour lui soutirer des informations utiles pour sa procédure.

Pour la stopper dans son élan, je décide d'aller à la gendarmerie. Un officier prend ma déposition en vue d'une enquête préliminaire. Je décris mon vécu, ma relation avec ma mère, mes craintes pour ma fille, les raisons de ma démarche et la procédure en cours. Je leur remets les dossiers médicaux que je possède. Il fait des photocopies qu'il joint à l'audition. Je demande qu'un officier se rende au domicile de mes parents afin d'expliquer à ma mère qu'il faut cesser de m'importuner dans ma vie quotidienne, qu'elle doit attendre la décision de justice. Les gendarmes sont à l'écoute, ils ne jugent pas. Ce n'est peut-être pas grand-chose, mais pour moi, c'est beaucoup.

24 novembre 2008
Delphine et Damien,

Je prends une nouvelle fois le stylo pour pouvoir vous parler. Maman est bien sûr au courant. C'est moi seul qui ai pris cette décision. Une nouvelle fois je vous supplie, au nom et dans l'intérêt de Lila, de revenir sur votre décision de ne plus nous la montrer et de nous empêcher de pouvoir l'embrasser.

À la veille de Noël, il est insupportable de lui voir supprimer la joie de ramener son chausson sous le sapin et d'y découvrir un cadeau le lendemain, comme les deux dernières années. C'est comme lorsque tu as apporté, Delphine, les poulettes pour Lila et qu'elle joue avec. Tu as vu, elle les aime beaucoup. Alors pourquoi ? Delphine, tu crois que je vais bien, tu te trompes. Je cache beaucoup de choses.

Il ne faut pas priver les enfants de la joie qu'ils ressentent surtout au moment de Noël.

Je suis conscient que vous puissiez avoir des griefs envers nous. Des erreurs peuvent avoir été commises, mais en aucun cas les enfants ne doivent en payer le prix. Pendant deux ans et demi vous nous avez fait confiance lorsque vous en aviez besoin, et nous étions toujours là. Nous avions tout en double pour faciliter les choses.

Votre fille Lila à ces moments-là n'a jamais été exposée à un quelconque danger.

Je reste persuadé qu'il faut parler et mettre les choses à plat. C'est dans le dialogue que l'on peut trouver une solution. Il faut bien sûr le vouloir fortement. Vous le savez, une procédure est entamée, mais un geste de votre part et cela s'arrête.

Nous comptons sur votre bienveillance et votre sensibilité de parents pour analyser ce courrier avec indulgence, en pensant évidemment à l'intérêt des enfants. Nous savons que vous attendez un nouvel enfant et il serait dommage qu'il ne puisse pas connaître ses grands-parents. Les problèmes des grands ne doivent venir troubler le monde des enfants ou seuls l'amour et le bonheur ont de la place. Vous êtes certainement perturbés, mais nous, nous sommes très malheureux de cette situation.

L'idée de ne pas pouvoir assurer et vivre le rôle de grands-parents est une grande frustration.

Méditez sur ces quelques mots, sachez qu'il n'est jamais trop tard. La porte de la maison est toujours ouverte. Un mot, un geste, une réflexion, une résignation seront toujours une bonne solution.

Papa.

La lecture de ce courrier me fait doucement sourire. Mon père ne comprend vraiment rien. Ma mère lui a lessivé le cerveau ; il est irrécupérable, malheureusement.

Je pense que, comme tous les enfants, j'ai aimé mes parents sans qu'ils aient eu besoin de me le commander. Aujourd'hui, je réalise que cet amour a été exploité et qu'on a abusé de moi. Je peux à présent me permettre de penser que ma mère, quelles que soient ses raisons, ne m'aimait pas puisqu'elle faisait de moi une victime sans se soucier de mes sentiments, de ma douleur psychique ou de mon avenir... Cette conscience m'aide à me libérer des sentiments de culpabilité qui me détruisent. En renvoyant ses actes à ma mère, je me libère.

Pour aller plus loin dans ma démarche je vais voir une hypno-thérapeute. Comme nous en venons à parler de sophrologie, je lui explique que ce procédé ne m'est pas inconnu. Je lui décris physiquement l'homme qui venait à la maison, je me souviens même de quelle ville il venait.

« C'est étonnant qu'un sophrologue consulte à domicile. »

Elle doute. Néanmoins, elle pense le connaître, elle aurait fait ses études de sophrologie avec lui. Elle me donne son nom et me conseille de le contacter, il pourrait m'apprendre quelque chose sur mon histoire.

Après cette première séance, je sais déjà que je ne reviendrai pas. Je pense que cette façon d'opérer ne me conviendra pas. La pensée positive n'est, à mon avis, en rien un remède, car c'est une forme d'automystification, c'est une fuite devant la réalité, qui ne peut pas être une aide, car le corps, lui, sait ce qu'il en est. Toutes ces douleurs musculaires, ces palpitations, mes maux de tête. Si je ne parvenais pas à sentir comment la petite fille a souffert jadis, mon corps, lui, me le ferait savoir et je pourrais déclencher une maladie. Je suis persuadée que notre psychologie agit sur l'organisme.

Je sais qu'il faudra que je trouve quelqu'un pour me venir en aide. Je ne veux surtout pas me condamner moi-même. Je sais que je suis capable de connaître la vérité sur le vécu de la petite fille que j'étais.

Dans ma quête de vérité, je vais voir le pédopsychiatre que j'ai rencontré lors de tout le chambardement judiciaire qui a failli conduire à la séparation familiale. Je ne me souvenais pas de lui, mais j'ai retrouvé sa trace dans les courriers de mes dossiers.

« Comment j'étais, comment se comportait ma mère ? Pourquoi mon père la laissait faire ?

— Votre père semblait d'accord avec votre mère. Il ne se rendait pas compte de la gravité de ses actes. »

Il est l'un des rares à l'avoir rencontré et donc à pouvoir conforter l'idée que ma mère a également complètement manipulé mon père.

Il me confie des copies des courriers se trouvant dans mon dossier et me conseille de me faire accompagner. Il me donne le nom de deux psychiatres.

Je me rends chez l'un d'entre eux. Mais j'ai l'impression qu'il trouve des excuses à ma mère. Je ne peux pas accepter de continuer à me livrer s'il pense que je n'ai pas le droit d'éprouver de la haine pour elle. En sortant de son cabinet, j'ai l'impression de ne rien comprendre. J'ai besoin de temps, d'être seule, d'étudier, de relire, de classer, de m'efforcer à me souvenir. C'est comme si l'adulte que je suis aujourd'hui avait besoin de revivre la vie de la petite fille.

Se réapproprier une enfance volée

Je pense qu'il faut que je me donne le temps et la patience nécessaires pour émerger totalement de ce long sommeil émotionnel. C'est dans la terreur des hospitalisations, les consultations avec tous ces médecins, les conversations d'adultes inquiets à mon sujet, dans cette insécurité que mon enfance a pris racine. Dans l'impossibilité d'exprimer mes vrais sentiments de peur de décevoir ma mère, de la rendre malade plus qu'elle ne l'était déjà. Exprimer mes vrais sentiments à l'époque aurait bouleversé notre vie et nous aurions été très malheureuses.

Je récupère les dossiers du docteur Brunet, le néphrologue de La Rochelle, et du service de chirurgie, directement sur place car je suis suivie dans cet hôpital pour ma grossesse. Je les feuillette dans la salle d'attente. Dans le premier, je découvre des courriers adressés à divers médecins dont je n'ai nulle trace dans mes autres dossiers et que je ne me souviens pas d'avoir consultés. Le docteur Brissaud était-il au courant ? Dans le second, je suis consternée de lire que je n'avais pas d'« anomalie ». On m'opérera pourtant, ce sera la première intervention sur mon rein. Que s'est-il passé ?

Je vais voir la secrétaire, je veux voir le chirurgien qui m'a opérée. Comme il n'exerce plus ici, je demande le docteur Lemoine qui m'a examinée à la demande du néphrologue. Il va peut-être m'expliquer pourquoi j'ai subi toutes ces opérations alors que mes examens étaient normaux. Je sens la colère monter en moi.

Le chirurgien se trouve dans son bureau, il accepte de me rencontrer. Je pleure, les courriers que je viens de lire rendent les éléments de mon histoire encore plus incompréhensibles.

« Pourquoi les médecins ont-ils laissé ma mère m'amener en consultation, pourquoi personne ne l'a stoppée dans cette course infernale alors que les examens montraient que j'allais bien ? Pourquoi a-t-on fini par m'opérer, pourquoi autant de médecins, autant d'hôpitaux en si peu de temps ? Un enfant n'est donc pas protégé quand la mère apporte les diagnostics déjà tout préparés chez les médecins ? Nous ne sommes pas en sécurité quand on est enfant !

— Je comprends votre désarroi, mademoiselle, mais je n'y peux rien, ce n'est pas moi qui vous ai opérée. »

Je ressors anéantie de ce bureau. Ce médecin avait tenté de m'aider à l'époque en écrivant que j'avais surtout besoin d'un suivi psychologique, mais il n'a pas approfondi son questionnement au sujet des plaintes sur ma santé que racontait ma mère. Et aujourd'hui, il ne peut rien me répondre d'autre.

Je décide de contacter le néphrologue de La Rochelle. Mais malheureusement, il continue de donner raison à ma mère. Il ose me dire que c'est de la faute de l'hôpital de Nantes si j'ai perdu mon rein. L'injection de Marcaine réalisée par le docteur Brissaud est responsable selon lui. Mais le docteur Brissaud ne savait tout simplement plus quoi faire pour enrayer les douleurs évoquées par ma mère et moi.

Alors même que je découvre l'étendue de la folie de ma mère, elle consulte un psychiatre pour prouver qu'elle est « apte » à garder sa petite-fille.

Je, soussigné docteur Purgon certifie avoir rencontré ce jour Mme Robin Martine.

Je n'ai pas noté lors de cet entretien de signe de souffrance psychique ni de trouble du comportement inquiétant pour elle ou pour autrui.

Certificat rédigé à la demande de l'intéressée et remis en mains propres.

N'ayant que la version de maman, de surcroît la voyant apparemment pour la première et la dernière fois, il n'a pas la possibilité de donner un quelconque avis. Je ne le trouve pas très professionnel. J'espère que la justice mandatera un expert psychiatre, qui pourra entendre toutes les personnes concernées.

Mais plus les mois passent, plus je suis inquiète. Les éléments présentés par l'avocate de mes parents semblent solides. J'ai du mal à comprendre que ma mère puisse être défendue. Son avocate ne connaît absolument rien de la vérité sur notre histoire ni les raisons qui ont motivé ma rupture avec ma famille. Mais maman peut être impitoyable pour obtenir ce qu'elle souhaite.

Je pense donc de plus en plus que nous devrions être vues par un psychiatre. Je pourrais lui expliquer mes craintes, mon parcours ; il pourrait, je pense, avoir un avis objectif et juste sur la question des droits des grands-parents.

Je téléphone au docteur Carrez, il pourra me donner des conseils. Il m'adresse un courrier, en février 2009, qu'il me conseille de transmettre à la juge.

Je viens par la présente vous confirmer les termes généraux de notre brève et récente communication téléphonique, comme convenu :

– Il ne m'est pas possible de proposer un quelconque point de vue autorisé sur votre situation particulière actuelle.

– Par contre, c'est une très bonne chose, me semble-t-il, que les questions qui se posent à vous (droit de visite des grands-parents) se présentent en termes d'expertise psychiatrique. Il est en effet hautement souhaitable que toutes les personnes concernées puissent faire l'objet d'une évaluation psychique très précise au vu des risques qui ont déjà été encourus par vous-même et qui sont présents dans le syndrome de Münchhausen par procuration.

– Je vous redis des généralités : si je ne peux me prononcer sur votre situation particulière, je vous confirme par contre qu'il faut absolument, de façon générale en telles circonstances, que les personnes qui seront amenées à formuler des avis puissent le faire, tant du point de vue juridique que médical, en s'entourant d'informations, voire d'avis spécialisés. Les conjonctions où se produisent des syndromes de Münchhausen par procuration sont, par définition, trompeuses au plus haut point et le principe de précaution doit prévaloir, je pense.

Victor naît le 15 février 2009. J'ai confié Lila à la responsable de la crèche ; je n'ai pas voulu que ce soit la mère de Damien qui s'occupe d'elle, je sais très bien que ma mère serait parvenue à savoir que nous sommes partis pour la maternité et aurait aussitôt rappliqué chez ma belle-mère pour voir la petite. Je l'imagine très bien pleurer, dire à ma fille que je suis méchante, que c'est à cause de moi si elles sont séparées. Lila n'a pas besoin de ça. Je me sens déjà en difficulté dans mon rôle de maman. Je crois que je fais le transfert malgré moi. Lila : la petite fille que j'étais. Moi, l'adulte d'aujourd'hui : ma mère jadis. Je sais que ça va finir par s'arranger, un jour je vais trouver le moment et la personne, et le cheminement se fera.

J'ai demandé au personnel de la maternité que mon séjour soit confidentiel, je redoute que maman ne profite de ce moment de joie pour venir essayer de renouer les liens. En effet, dès le lendemain de la naissance de Victor, ma mère a téléphoné à l'hôpital pour savoir si je m'y trouvais. Mais qui dit confidentialité, dit « anonyme » et, cette fois-ci, je ne ressens pas le besoin de garder mon bébé dans les bras tout le temps. Je le laisse volontiers dormir dans son lit. Je pense à moi, je prends soin de moi, je m'habille, je me maquille. Avec lui, je me sens tout de suite mère, adulte.

Damien et Lila viennent nous rendre visite tous les après-midi durant notre séjour à la maternité. Après leur départ, le soir, je ne me sens pas abandonnée, comme je pouvais l'éprouver à la naissance de Lila une fois que Damien avait quitté ma chambre. Il partait tôt, il me disait qu'il en avait marre que ma mère soit toujours là.

Nous rentrons bientôt à la maison, notre vie à quatre commence, tandis que l'audience s'approche à grands pas. Elle a lieu le 17 mai, mais je ne veux pas m'y rendre, je ne veux pas croiser le regard de ma mère. Mon avocate ira seule.

Nous recevons le jugement le 2 juillet 2009.

Une expertise psychiatrique est confiée à un pédopsychiatre de La Rochelle.

Un droit de visite est accordé provisoirement aux grands-parents, dans un lieu neutre, en attendant les résultats de l'expertise, le premier samedi de chaque mois.

Se réapproprier une enfance volée

Des passages de certains courriers des docteurs Gauthier et Carrez sont utilisés dans la minute du jugement.

Je suis satisfaite de cette expertise psychiatrique. En revanche, le droit de visite, même encadré, dans un lieu neutre, me déplaît. Je me rends à l'association qui prend en charge ces visites. On m'apprend que Lila sera seule avec ses grands-parents. Il y aura un professionnel, mais il ne restera pas dans la salle avec eux. J'explique à la personne qui me reçoit que, dans ces circonstances, je ne présenterai pas ma fille à la date prévue, le 3 octobre.

Ni mon avocate ni mon entourage n'approuvent cette décision qui est contraire au jugement.

« Si tes parents portent plainte ? »

Je me rends à la gendarmerie pour connaître à quoi je m'expose : un rappel à la loi, pour la peine la plus minime ; de la prison, pour la peine maximale. En tout cas, si mes parents portent plainte, cette dernière sera transmise au procureur et je serai condamnée. Mais condamnée pour quoi ?

Je choisis de prendre ce risque et en avertis la juge en charge du dossier par courrier.

J'ai pris la décision de ne plus nier mon passé, je deviens plus libre de faire confiance à mes sentiments. Je ne laisserai personne faire obstacle à ma démarche.

Une décision qui rend justice

28 juillet 2009
À l'attention de la juge aux affaires familiales, tribunal de grande instance.

Je viens de revoir aujourd'hui Mme Delphine Robin, dont vous suivez le dossier concernant l'évaluation d'un droit de visite de sa fille par ses propres parents.

Je lui avais adressé il y a quelque temps un courrier dans lequel je ne m'engageais pas sur les circonstances particulières qui sont les siennes actuellement mais qui concernaient celles qui entourent en général le syndrome de Münchhausen par procuration, rare et que l'on ne connaît pas toujours.

Elle a donné ce courrier à son avocate mais pas à vous, par crainte de paraître trop insistante.

Je lui ai donné le conseil de vous le communiquer, au contraire, dans le cadre de l'évaluation si difficile qui se présente à vous.

Je vous informe que Mme Delphine Robin me communique des informations plutôt préoccupantes ce jour : entre autres, son frère aîné a fait parvenir à ses parents un courrier visant à établir qu'ils étaient des personnes de référence pour les appuyer dans leur démarche visant à pouvoir voir leur petite-fille. Or ce *frère aîné, par exemple, étant enfant lui-même, était invité par la mère de Mme Delphine Robin à participer aux coups que cette dernière recevait de sa mère au niveau des reins pour provoquer des douleurs qu'elle pouvait ensuite alléguer auprès des différents médecins concernés.*

Je ne peux m'engager ainsi bien entendu, à distance, et je ne fais ici que rapporter les paroles de ma patiente. Néanmoins, une fois de plus, tout ceci me semble aller directement dans le sens d'une évaluation psychiatrique approfondie et indispensable des différentes personnes impliquées dans ce jugement à venir.

Docteur Carrez, psychiatre, Nantes

Nous sommes le 3 octobre, je regarde les aiguilles de l'horloge avancer pendant que les enfants font la sieste. 14 h 30. L'heure du rendez-vous de Lila avec ses grands-parents. Je sais qu'ils vont porter plainte pour non-présentation d'enfant. À 16 heures, le téléphone sonne. C'est la gendarmerie. Bien qu'il fasse son travail, l'agent s'adresse à moi de façon plutôt agressive, même si je suis en tort. Je lui explique simplement être consciente de ce que j'encours. Rien de plus. Nous continuons nos activités du week-end tout à fait normalement.

Le lendemain, un véhicule de gendarmerie se gare devant notre maison. L'agent frappe à la porte. Je suis alarmée, ce n'est pas possible, que me veut-il ? Je sais que je n'ai pas respecté la décision de la juge, et alors ?

L'agent m'annonce qu'il est venu présenter des excuses pour avoir été « désagréable » au téléphone. Il m'avertit aussi qu'il doit prendre ma déposition à la suite de la plainte déposée par mes parents. Il m'explique qu'une de ses collègues a vu mes parents sortir des locaux et lui a dit d'aller consulter le dossier de cette affaire.

« Je comprends votre choix, mais vous devez quand même vous soumettre à la loi. »

Quelques jours plus tard, il vient m'annoncer la peine qui m'a été infligée : un rappel à loi, qui consiste en un document écrit que je dois signer et qui signale les faits contraires à la loi que j'ai commis.

Maintenant il n'y a plus qu'à attendre l'expertise psychiatrique, qui doit avoir lieu le 20 octobre.

J'apporte tous mes dossiers médicaux et tous les documents concernant cette procédure. Cela aidera peut-être le médecin à mieux comprendre ma décision actuelle, au cas où je n'arriverais pas à m'exprimer correctement.

Mais je parviens à me laisser aller, je me suis remise dans la peau de la petite fille que j'ai été, j'ai laissé parler mes émotions, je suis revenue sur les événements vécus, je me suis libérée.

Sur le trajet du retour, je doute, je suis inquiète de la suite des événements. Cette expertise sera-t-elle bien en ma faveur ? Ma mère doit passer quelques jours plus tard, je ne sais pas quand. J'espère qu'elle n'arrivera pas à « embobiner » ce médecin, comme elle a pu le faire avec les autres, avec moi.

Décembre 2009
Compte rendu de l'expertise psychiatrique

– Entendre la mère de Lila, Melle (sic) Delphine Robin.

– Entendre la grand-mère de Lila, Mme Martine Robin, épouse Robin.

– Dire s'il est possible d'octroyer un droit de visite et d'hébergement aux grands-parents.

– Et dans cette hypothèse, donner son avis sur les modalités de son organisation dans le respect de l'intérêt de l'enfant.

Entretien avec Mme Martine Robin

Exposé biographique et des faits selon mon interlocutrice

Mme Martine Robin a eu trois enfants, dont deux garçons. Jérôme, l'aîné, « qui est dans la drogue comme M. Paquereau » (le mari de sa fille) et « qui est marginal comme le frère de M. Robin (le mari de Mme Martine Robin) ». Le cadet est plutôt timide et réservé.

Elle est issue « d'une famille angoissée » et elle-même avait des peurs intenses malgré l'éducation très protectrice de sa propre mère.

Delphine « n'est pas un accident » mais une enfant conçue volontairement, et jusqu'à l'âge de 4 ans elle s'est développée normalement, puis elle a présenté des infections urinaires. Les investigations cliniques ont mis en évidence un reflux bilatéral des contenus vésicaux vers les reins. Elle a été traitée pour cela et, à la suite d'un accident de la circulation survenu en 1990, les médecins ont constaté qu'elle avait un rein non fonctionnel. « J'ai fait une grosse bêtise en rectifiant un dosage sanguin pour accélérer la greffe du rein. Je pensais que si on lui en mettait un autre, elle irait mieux. »

Les médecins de sa fille ont formulé à son égard le diagnostic de syndrome de Münchhausen par procuration, mais elle le conteste, car, dit-elle « j'ai arrêté après la greffe ». (Elle élude l'intervention du juge des enfants, mais son époux, entendu seul après elle, note que ça a pondéré les angoisses de son épouse au sujet de l'état de santé de leur fille.)

Mme Delphine Robin a toujours été angoissée, soit par l'obscurité, soit par la mort, et jusqu'au 15 juillet 2008, selon Mme Martine Robin, elle a entretenu une relation fusionnelle avec sa mère.

À l'âge de 16 ans, sa fille rencontre M. Damien Paquereau et, après quelques mois, ils se mettent en ménage. À l'été 2005, elle lui apprend qu'elle attend un bébé et quand Lila naît, elle lui téléphone pour l'en avertir. Elle vient les voir environ deux fois par semaine avec Lila et bien que mon interlocutrice soit très possessive avec sa fille, Mme Delphine Robin (épouse Paquereau) accepte de leur *laisser la garde de Lila, selon les nécessités, quelques demi-journées. Quand Delphine a repris son activité professionnelle, elle a préféré placer sa fille en crèche, plutôt que de la confier à l'une ou l'autre des grands-mères.*

À Pâques 2008, lors d'un repas de famille, Mme Delphine Robin a eu une vive altercation avec son frère aîné, Jérôme ; elle l'a insulté en termes très grossiers et son aîné lui a donné une gifle.

Delphine s'est sentie peu soutenue durant cette querelle, chaque membre présent a eu le sentiment que c'était elle qui était à l'origine de cette dispute.

En juillet, Delphine a coupé tout contact avec sa mère et depuis elle refuse de présenter Lila à ses parents. Les démarches réitérées de mon interlocutrice se sont heurtées à un refus catégorique, sans qu'elle puisse savoir pourquoi sa fille agit ainsi. Mme Robin et son mari ont consulté un avocat qui leur a conseillé la prudence. Elle a alors proposé à sa fille de consulter ensemble une psychologue, mais elle a refusé. Ils ont décidé d'entamer une procédure, car :

– Elle se demande si Mme Delphine Robin pense au bien-être de sa fille en la soustrayant ainsi à ses grands-parents, « qui sont partie intégrante du noyau familial ». Elle précise cette analyse en citant l'anecdote d'une rencontre fortuite avec Lila « qui lui a envoyé plein de baisers et qui a voulu venir avec elle ».

– Elle est persuadée que sa fille craint que Lila ne lui préfère sa grand-mère et qu'elle a choisi de l'allaiter « pour ne pas avoir à partager les biberons ».

– Elle sent que sa fille « veut la punir en la privant de Lila, mais que de ce fait elle punit cette dernière ».

Analyses

Elles sont reportées après l'entretien avec Mme Delphine Robin.

Entretien avec Mme Delphine Robin

Exposé biographique et des faits selon mon interlocutrice

À peine assise, elle fond en pleurs et s'excuse de n'avoir pu tenir sa résolution de contrôler ses émotions.

Elle évoque pêle-mêle les souvenirs qui se bousculent et que nous allons tenter d'ordonner chronologiquement. Depuis qu'elle est très jeune, elle a des infections urinaires et elle a toujours eu l'impression que sa mère attendait qu'elle dise qu'elle était malade. Elle se souvient que sa mère lui donnait un coup dans les reins et que son frère aîné a agi pareillement. Ça ne lui paraissait pas normal et elle se plaignait en disant « tu n'es pas une vraie mère ».

Avant les consultations médicales Mme Martine Robin lui recommandait de dire qu'elle avait mal... Un jour, elle croit se souvenir avoir surpris sa mère et son frère écrire sur une feuille. C'est après qu'elle a compris qu'elle avait falsifié des résultats médicaux, mais les médecins ont détecté la supercherie. Il y a eu un signalement au juge des enfants et un placement a été envisagé, ce qui l'a beaucoup inquiétée.

Elle était en effet très angoissée par la mort, car elle craignait que son rein restant ne s'arrête de fonctionner après qu'on avait enlevé le rein « malade ».

Sa mère ayant du diabète, elle vérifiait aussi sa glycémie et elle l'a fait hospitaliser une fois en 1997, après ces examens.

À l'adolescence, elle a connu M. Paquereau, et quand sa mère a appris qu'elle avait cet amoureux, elle l'a giflée et insultée. Quand sa mère s'éloignait d'elle, elle disait qu'elle avait mal aux reins et, de nouveau, la préoccupation maternelle se centrait sur elle.

Quand elle a vécu en concubinage avec M. Paquereau, sa mère a traversé une période de difficultés professionnelles et elle parlait de suicide.

En 2004, Mme Delphine Robin a traversé une phase dépressive et sa peur de la mort s'est réveillée comme durant son enfance. Elle a consulté un psychiatre, puis une psychothérapeute. C'est à ce moment-là qu'elle a conçu Lila. Sa mère était ravie, elle voulait l'accompagner aux échographies et venir chez elle. Elle venait tous les jours malgré la réticence de M. Paquereau et d'elle-même.

À Pâques 2008, elle a eu une violente dispute avec son frère aîné, qui lui a donné une gifle. Elle n'a pas compris que toute la famille l'accuse d'avoir provoqué son frère. Elle a voulu « se défaire de la pression maternelle qui étouffait sa fille, comme cela s'était passé avec [elle] ».

En juillet 2008, elle a hésité à couper les ponts et elle a décidé de prendre quelques distances. Dès août 2008, Mme Martine Robin a fait appel à la justice.

Mme Delphine Robin a alors entrepris de reconstituer son histoire personnelle en rencontrant tous les médecins qui l'avaient soignée (elle m'a transmis un sac avec trois classeurs remplis des photocopies des dossiers médicaux et nous en résumerons les principaux éléments concourant à mieux comprendre son parcours de soins.)

Quand Lila est née, elle a décidé de l'allaiter « pour empêcher que sa mère la prenne dans ses bras ». Elle a failli se séparer de son mari, qui ne supportait pas les intrusions constantes de Mme Martine Robin dans leur vie familiale. Elle a eu peur que celle-ci « monte sa fille contre elle » et détourne son affection pour se l'approprier.

À plusieurs reprises, après 2008, Mme Martine Robin a tenté de voir Lila, par exemple en se présentant à la crèche contre l'avis parental.

Mme Delphine Robin me confie qu'elle s'inquiète de voir sa mère surgir à tout moment et si son ton est résolu, elle n'est pas sûre de pouvoir l'affronter actuellement. L'accès aux dossiers médicaux l'a bouleversée et elle craint parfois d'agir comme sa mère avec Lila. Elle se retient de l'emmener chez le médecin de peur de répéter le même syndrome de Münchhausen par procuration.

Son mari lui conseille de consulter à nouveau, « mais elle préfère s'en sortir seule ».

Une décision qui rend justice

Données des pièces complémentaires transmises par Mme Delphine Robin

Mme Delphine Robin m'a transmis la lettre qu'elle a adressée à sa mère et son dossier médical reconstitué. Son courrier à sa mère reprend les éléments de son exposé. Elle évoque une relation sadomasochiste avec sa mère durant l'enfance (« à l'époque, j'aimais la mère que tu étais quand je te faisais plaisir en disant que j'avais mal. ») et entretenue par un attachement à la fois fusionnel et rejetant (« cette façon vulgaire de nous parler, de se débarrasser de nous pendant les vacances d'été ») qui créait une dépendance (« au départ, je pleurais et je n'attendais qu'une chose, le retour. »).

Sa dépression, en 2004, contemporaine de la conception de Lila, l'a poussée à chercher les causes profondes de son mal-être. Au fur et à mesure qu'elle découvrait l'influence de sa mère dans sa souffrance psychique actuelle, elle a ressenti la présence de celle-ci comme une menace pour sa fille à naître et née. « Son éloignement » progressif a déclenché un renforcement de l'emprise de sa mère jusqu'au rapport de force actuel, dont Lila est l'enjeu.

J'ai retenu deux lettres de l'étude du dossier médical.

Le docteur Carrez constate en octobre 1993 que, malgré l'ablation du rein de sa fille, Mme Martine Robin continue à solliciter des examens médicaux pour des symptômes divers. Il propose au juge des enfants une séparation prolongée de Mme Delphine Robin avec sa famille, employant alors le terme de maltraitance à enfant qui s'accole au diagnostic de syndrome de Münchhausen par procuration. Le docteur Gauthier, s'associant au courrier de son confrère, propose d'essayer encore « une prise en charge psychothérapique étroite de la famille », mais reconnaît aussi que derrière l'apparence de la normalité, ces mères perçoivent leur enfant de manière délirante.

Dans une lettre antérieure à un confrère, le docteur Gauthier dit que Delphine Robin est alors en danger et qu'il faut arrêter le cercle infernal des consultations et hospitalisations liées aux descriptions maternelles. Il ajoute que Mme Martine Robin a reconnu avoir manipulé les résultats d'un grand nombre d'examens complémentaires.

En octobre 2008, le docteur Brissaud fournit à Mme Delphine Robin une attestation dans laquelle il décrit « le déroulement des faits qui ont abouti, suite à des manipulations d'examens complémentaires, à la perte d'un de vos reins ».

Analyses des données des examens médico-psychologiques

Mme Martine Robin s'est peu livrée sur sa vie personnelle, adoptant une attitude défensive dans ses propos, comme si l'expert était mandaté pour juger du fond de l'affaire et dire qui est dans son bon droit. Elle a nié être atteinte du syndrome de Münchhausen par procuration, « car après la greffe, elle a arrêté ses demandes d'examens et de consultations ».

En fait, l'examen des pièces du dossier médical dément ses allégations et, jusqu'en 1997, elle a poursuivi sa fille de ses inquiétudes projectives sur son dysfonctionnement corporel.

Les personnes présentant ce syndrome ont un psychisme caractérisé par certains éléments psychopathologiques : la prévalence du mécanisme de clivage, un état dépressif sous-jacent avec un sentiment de vide intérieur et des mécanismes de déni de la réalité qui peuvent expliquer la non-reconnaissance de la souffrance continue endurée par celui qui est l'objet de ce syndrome.

Mme Martine Robin n'a, à aucun moment, critiqué le bien-fondé de ses démarches médicales incessantes concernant sa fille. Elle admet une grosse bêtise (la falsification des chiffres de dosage de créatinine), mais elle s'absout de facto de cette faute en affirmant qu'elle voulait que Mme Delphine Robin aille mieux. Elle décrit des troubles psychiques chez sa fille (angoisses de la mort et de la séparation), mais elle ne les corrèle pas au parcours de soins douloureux et incessants que celle-ci a subis. Cette absence d'empathie pour celle-ci et de sentiments de culpabilité s'inscrit sur le plan psychopathologique dans les processus de clivage (personnalité normale en apparence, cohabitant en parallèle avec une conception irrationnelle du corps de l'autre, ressenti comme dysfonctionnel.)

Nous reconnaissons également un déni de la réalité, puisqu'elle prétend avoir cessé son harcèlement médical après 1991, alors que les médecins concernés ont saisi le juge des enfants en 1993. De même, elle persiste à dire qu'elle ne comprend pas l'attitude de sa fille, alors que depuis un an, elle a pu prendre connaissance de la position de sa fille, en particulier lors de la procédure qu'elle a provoquée ou à la lecture des courriers adressés par cette dernière.

Mme Delphine Robin est restée engagée dans un lien fusionnel à sa mère jusqu'en 2003-2004. Elle a pris conscience que sa mère avait établi avec elle une relation d'emprise qui avait rendu son étayage tutélaire et sa présence presque indispensables à son existence journalière.

Elle décrit avec pertinence, comment ce type de transaction relationnelle rend celle qui la subit dépendante, dévalorisée par ses sentiments d'infériorité et par les conséquences des rejets qui la font douter de sa valeur. C'est son désir d'enfant qui a été le moteur des remaniements critiques de son passé :

– Elle a d'abord craint que les attaques fantasmatiques (mais en lien avec la réalité médicale subie) maternelles ne l'aient privée de sa capacité d'enfanter, puis de mener à bien cette grossesse.

– À sa naissance, Lila est devenue un « objet » précieux qu'elle a craint que sa mère ne lui vole, soit en la disqualifiant comme mère (« elle aime plus sa grand-mère que moi »), soit en exerçant une emprise sur la petite fille.

En incluant les grands-parents dans le noyau familial et en validant la rivalité de sa fille avec elle, par ses propos sur l'allaitement de Lila pour l'empêcher de donner le biberon ou sur la peur de sa fille d'être moins aimée, Mme Martine Robin, de nouveau, entretient l'angoisse de Mme Delphine Robin et poursuit résolument sa relation d'emprise et de maîtrise sur elle. La rapidité avec laquelle

elle a esté en justice montre que ce rapport de force est le moteur de son lien avec Mme Delphine Robin et que Lila en est l'enjeu.

Elle laisse entendre implicitement que cette dernière est, comme antérieurement le corps de Mme Delphine Robin, sous son influence et qu'elle peut en disposer comme elle le veut.

Mme Delphine Robin a décrypté ce message selon lequel elle ne possède pas Lila et elle ne peut l'éloigner de sa grand-mère maternelle.

Les médecins avaient préconisé la séparation de Mme Delphine Robin avec sa famille car ils savaient que cette mesure au long cours pouvait permettre d'abord la défusion, puis la reconstruction associée à un travail psychothérapique. Cette mesure n'a pas été retenue et, de fait, Mme Delphine Robin est restée sous l'emprise de sa mère.

Actuellement, Mme Delphine Robin essaie d'appliquer cette rupture afin de sortir de l'ornière dans laquelle elle est engagée dans la relation avec sa mère (et dans laquelle elle craint d'entraîner sa fille). Lila ne doit pas être un obstacle à cette démarche personnelle et de couple, car j'ai perçu combien Mme Delphine Robin a besoin de sentir qu'elle est libérée de l'emprise externe pour s'attaquer, par une psychothérapie à son désarroi interne.

Si l'on reconnaît que le syndrome de Münchhausen par procuration est une maltraitance à enfant (et en disant cela nous ne stigmatisons pas Mme Martine Robin dans l'effet de ses troubles sur sa fille), il convient de soutenir la demande actuelle de Mme Delphine Robin de pouvoir se stabiliser, se sécuriser, se restructurer psychiquement hors de l'influence de sa famille et de pouvoir ainsi tenter de ne pas entraîner Lila dans ce conflit familial.

Elle ne pourra pas « s'en sortir seule » et elle doit envisager une psychothérapie personnelle et une guidance à la parentalité (avec son mari), afin de dégager l'éducation qu'elle donne à Lila des répétitions du passé et des attitudes de défense contre celles-ci.

Une décision qui rend justice

Mme Martine Robin aurait dû reconnaître la souffrance infligée à sa fille et éventuellement s'associer à une thérapie familiale afin de nouer d'autres liens entre les divers membres de la famille. Cette démarche serait présentement inefficiente, car elle apparaîtrait comme une forme manipulatrice d'apaisement du conflit avec sa fille pour maintenir de fait son lien d'emprise. La mesure de justice, précipitée, a révélé la place d'enjeu qu'elle donne à Lila et il serait peu judicieux d'accorder un avis favorable à sa demande dans sa configuration actuelle.

J'ai envie de le faire savoir à tout le monde. Il a bien voulu me croire, il m'a cru ! Il a compris ! Je n'en reviens pas ! Grâce à ce médecin, la juge va me donner le droit à la liberté, mon long cheminement va être appuyé par la justice !

Je fais passer une copie de ce compte rendu d'expertise psychiatrique aux médecins qui m'ont soutenue – le docteur Hacquin, le docteur Florent, le docteur Gauthier, le docteur Carrez et le Professeur Brissaud.

La décision de justice sera rendue le 4 novembre 2010 : « L'intérêt de l'enfant est de vivre dans un cercle de personnes apaisées, ce qui ne paraît possible en l'état qu'en restreignant la cellule familiale à la fillette et à ses parents. »

Conclusion

Pendant trois ans, jusqu'en septembre 2012, je vais entreprendre tous les lundis un travail avec une psychothérapeute recommandée par le docteur Carrez, Mme Aline. Je prends conscience de l'histoire douloureuse refoulée de mon enfance grâce à l'éveil de mes émotions. Ma thérapeute n'émet aucun avis personnel, ne trouve aucun argument qui me rendrait coupable de ce que j'ai vécu. C'est ce que moi j'ai longtemps fait. J'apprécie de venir me confier sans être jugée. J'ai trouvé la bonne thérapeute.

Au fil des semaines, des mois, la petite fille angoissée, craintive, commence à s'éloigner de mes pensées. Il m'arrive de me retrouver, le soir, dans mon lit, recroquevillée, et de pleurer. Je finis par m'endormir, je me réveille un peu plus tard, j'ai mal au rein. Mal ? Je retrouve aussi la douleur que je ressentais quand mon père me faisait des piqûres dans les fesses pour soigner mes infections urinaires. Je comprends que par ces sensations physiques, je suis en train de m'approprier mon histoire. Revivre, ressentir, comprendre, accepter, c'est le prix à payer pour me libérer.

Je commence à arrêter de m'accuser, de me culpabiliser, je peux développer de l'empathie pour l'enfant qui a souffert du comportement de sa mère et du monde médical. J'ai souffert et enfoui ma colère. Une haine latente m'a accompagnée un grand nombre d'années et a déclenché dans mon corps divers symptômes, un mal-être. Aujourd'hui, je peux ressentir consciemment ma révolte contre les manipulations de ma mère qui m'ont fait souffrir et qu'on m'a demandé d'oublier.

Aujourd'hui, je sais quel prix il m'a fallu payer pour ce que l'on appelle « la résilience ».

Je chemine dans le but de prendre ma vie en main et de faire tout ce qu'il me semble nécessaire à ma reconstruction psychique et physique.

Je résilie ma prise en charge « 100 % longue maladie ». Je ne veux plus que cela apparaisse sur ma carte Vitale, je ne suis pas malade ! J'obtiens ma nouvelle attestation en deux mois.

Je décide également d'enfin faire disparaître ma cicatrice qui me complexe depuis tant d'années et qui est un stigmate physique de ce que j'ai subi. Par chance, je n'ai pas eu à me confronter à une nouvelle anesthésie générale.

À mon travail, je demande à changer de service pour exercer un emploi de bureau : après la naissance de Victor, chaque journée en gériatrie était un enfer et me ramenait à mes souffrances d'enfant. La faiblesse des personnes âgées, leur impossibilité à extérioriser leur colère, leur soumission étaient intolérables. J'avais une boule au ventre tous les matins, je me vidais de toutes les larmes que mon corps avait retenues le soir. Je ne refoule plus mes émotions mais je ne veux pas m'user à me battre pour la cause des autres, une cause pour laquelle, en plus, je ne suis pas comprise.

Le plus gros travail à accomplir, ç'a été avec Lila.

Il aura fallu beaucoup de séances pour que Mme Aline réussisse à me faire verbaliser, à accepter mes difficultés relationnelles avec ma fille. Le rapport à la mère. J'ai peur que Lila ne m'entraîne dans une relation intense.

Notre rapport devient envahissant pour moi et insécurisant pour Lila. Plus je sens cette intensité entre nous, plus je me détache d'elle. Elle ressent cet éloignement et, du coup, « s'accroche » encore plus à moi. La séparation l'effraie, la vie en collectivité lui est plus ou moins compliquée (« Lila ne joue pas, Lila reste collée à un adulte. »). J'aimerais qu'elle joue, qu'elle prenne plaisir à aller vers les autres, j'aimerais qu'elle apprécie quand on doit se quitter. Mais non, elle me retient quand elle sent la séparation arriver et moi je me fâche, je panique. Quand elle s'endort enfin le soir, après m'avoir réclamée dix fois, je m'isole pour pleurer. Cela rend notre quotidien à tous les quatre extrêmement difficile.

Dire la vérité à Lila. Voilà ce qu'il faut que je réussisse à faire. Lui dire ouvertement quelles ont été les difficultés relationnelles entre moi et sa grand-mère et les conséquences de cette relation sur ma vie d'adulte et de maman. Abandonner le déni de mes souffrances, développer de l'empathie pour l'enfant que j'étais.

Je suis allée chercher de l'aide auprès d'un pédopsychiatre. Lila n'était pas vraiment d'accord. Les consultations étaient difficiles pour moi, je n'arrivais pas à retenir mes émotions et je pleurais, un peu. Lila, elle, restait silencieuse. Elle ne répondait que par des hochements de tête. En revanche, elle écoutait, elle entendait les difficultés que j'exprimais au médecin.

Nous y sommes allées trois fois. Cela peut paraître peu, pourtant le changement est flagrant. Le moment du coucher se déroule mieux. Elle tente toujours de me retenir un peu, mais elle ne me rappelle plus qu'une fois pour que je la borde à nouveau. Elle ne se réveille plus du tout la nuit, alors qu'elle venait plusieurs fois dans notre chambre, angoissée. À l'école, à la garderie, à la danse, elle ne s'accroche plus à moi.

Tous ces petits changements sont une avancée énorme. Je me sens plus détendue, je n'ai plus peur de me laisser engloutir.

Dire que les premiers jours de vie de Lila, c'est moi qui « l'étouffais », de peur que ma mère ne me vole ma fille, je comprends que ce soit confus pour elle maintenant. C'est à moi de la rassurer, tout en me rassurant. Lila a lu dans mes yeux la mère insécure et perdue que j'étais et contre laquelle je me bats pour mon bien-être et le sien.

Il a fallu néanmoins consulter à nouveau un psychanalyste, le comportement de Lila redevenant inquiétant en conséquence des incursions répétées et régulières de sa grand-mère à la sortie de sa classe, et notamment après son entrée dans la cour de récréation pour se présenter à sa petite-fille. Cette psychanalyste, que Lila a vue sept fois, a pu lui expliquer mon histoire particulière avec ma mère.

Désormais, je sens Lila plus légère, libérée d'un poids. Les questions qui se sont posées à elle ont trouvé des réponses, un sens qu'elle comprend mieux et elle parle de cette situation délicate plus facilement.

Avec le temps, la haine que j'éprouve à l'égard de ma mère pourra s'atténuer et même disparaître. Des événements de la vie me ramèneront peut-être brusquement à certains souvenirs ; mais maintenant, je sais de quoi il retourne. Je me connais suffisamment bien parce que j'ai de nouveau éprouvé les sentiments de la petite fille que j'ai été, et la dernière trace de culpabilité en moi a disparu. J'ai admis la vérité, surmonté mes angoisses et n'ai plus peur de révéler qui était réellement ma mère, quelle a été mon histoire.

Je voudrais, un jour, être capable, en toute modestie de faire changer le regard du grand public. Je ne doute pas que mon honnêteté émotionnelle sera un jour capable de faire tomber le mur d'ignorance qui entoure le refoulement de l'enfant tourmenté par la maltraitance qu'il subit et qui le poursuivra jusqu'à l'âge adulte si personne ne l'aide.

« Maltraitance ». J'ai encore du mal à prononcer ce mot. Mais oui, le syndrome de Münchhausen by proxy est bien une forme de maltraitance, sous ses apparences câlines.

Mais aujourd'hui, grâce à mes témoins secourables, le Professeur Brissaud, les docteurs Carrez et Gauthier, grâce à ma propre volonté, je vis avec un élan de vie que je ne voudrais perdre pour rien au monde !

Remerciements

Merci à tous les médecins qui ont accepté de me rencontrer, tant d'années après.

Merci de m'avoir soutenue dans la procédure que ma mère, mes parents m'ont imposée.

Merci à la justice.

Un grand merci au docteur Lecourt, ce médecin qui nous a vues, ma mère et moi, qu'une seule fois, mais qui a remarquablement bien cerné la personnalité si particulière de ma mère, et bien compris ce qui était indispensable pour moi, pour le bien-être de ma famille.

Un merci particulier au Professeur Brissaud, je reste persuadée qu'il a été la personne la plus importante dans cette histoire, il a su démasquer les manipulations de ma mère, pour protéger la petite fille que j'étais.

Merci également aux docteurs Gauthier et Carrez qui ont eu un rôle très important dans cette histoire.

Merci à Mme Aline, qui est ma psychothérapeute.

Cette histoire, aussi dramatique qu'elle puisse avoir été, a fait de moi la personne que je suis aujourd'hui.

Pour vivre, l'enfant n'a pas d'autre solution que d'ignorer sa souffrance pour privilégier l'illusion d'être aimé et d'aimer son parent.

Postface

Ayant soutenu en 2001 ma thèse de médecine sur le syndrome de Münchhausen par procuration, c'est bien volontiers que j'ai accepté à la demande de l'auteure d'écrire cette postface parce qu'il est primordial de soutenir les victimes d'une telle maltraitance.

La lecture d'une traite de tout l'ouvrage procure de nombreuses émotions : stupéfaction et fascination sans cesse renouvelées devant le drame qui se déroule (apparition des mensonges maternels puis des falsifications des examens complémentaires, violence physique), identification à la douleur, à la tristesse et à la colère de l'auteure enfant et adulte, attente anxieuse d'un dénouement positif et enfin joie du soulagement final en constatant les soins prodigués à Mme Paquereau et les mesures de prévention précoce pour ses enfants. Je suis interrogée dès les premiers chapitres par la place du frère, puis par l'exercice de mémoire avec sa sélectivité et la confrontation aux douleurs passées. L'auteure possède un style authentique pour se mettre à la place de la petite fille qu'elle a été. Dans la première partie le lecteur voit la relation d'emprise s'instaurer et la maltraitance s'installer dans ses rapports au monde médical. Le contraste entre le ressenti de la fillette et la teneur des courriers médicaux est saisissant. Lors de la lecture du livre se posent les questions existentielles de la sélectivité de la mémoire et du besoin primordial d'affection (attachement) entre le parent (ici la mère) et l'enfant au détriment de la pathologie. Tout se passe comme s'il valait mieux « être ensemble et malades » que « séparées et sans maladie ». Des éléments dépressifs apparaissent quand le lien mère-fille commence à être moins fusionnel en 2004. Les effets du refoulement chez la fillette devenue adulte et du déni chez la mère abusive sont puissants ; l'exploitation de l'amour de l'enfant par la mère maltraitante fonctionne jusqu'à la découverte de la deuxième grossesse de l'auteure. L'attention que recherche et que reçoit la mère est également bien décrite, qu'elle soit médicale ou non.

Les effets du mensonge restent fascinants et la question d'être crue ou de ne pas l'être persiste au-delà des symptômes, au-delà de l'âge adulte. Cela a renforcé ma motivation de participer et de détailler l'existence de cette pathologie méconnue. Le point de vue du vécu de l'enfant (devenu adulte) est rarement entendu ni étudié dans la littérature médicale sur ce syndrome. Antoine de Saint-Exupéry disait qu'« on est de son enfance comme on est d'un pays » ; comment garder son identité et comment se construire en fonction de son entourage quand l'enfance est remplie par les pensées et actions d'une mauvaise mère ? J'ai beaucoup d'admiration pour Mme Paquereau d'avoir enfin pu exprimer ce que la petite-fille-en-elle ressentait et énormément de gratitude parce qu'elle nous le fait partager. Puisse ce livre contribuer à aider Delphine Paquereau et tous les enfants victimes à trouver leur chemin de réparation !

Quelques éléments théoriques concernant cette pathologie

Le syndrome de Münchhausen par procuration (SMPP) est situé à la frontière des champs pédiatrique, psychiatrique et légal. Décrite depuis 1977 par Meadow, cette forme extrême de maltraitance à enfant met en scène une mère induisant des symptômes chez son enfant qu'elle amène devant le corps médical pour des explorations diagnostiques et thérapeutiques au détriment de l'enfant. Elle manipule l'histoire clinique et produit des symptômes physiques et/ou des résultats complémentaires anormaux, dans le but d'obtenir une attention médicale conséquente. La confusion, la méconnaissance de ce syndrome et la difficulté à poser le diagnostic sont à l'origine de sa fréquence sous-estimée et de sa gravité potentielle (mortalité de 7 % au moins, implications légales lourdes). La psychopathologie énigmatique du SMPP met en lumière la confusion et la fascination de ces relations triangulaires mère-enfant-médecin.

La définition actuelle la plus pragmatique du SMPP est proposée par Rosenberg en 1987 sur les quatre critères diagnostics suivants : 1) maladie chez un enfant, simulée et/ou produite par l'un des deux parents ; 2) présentation répétée de l'enfant pour des soins médicaux ou chirurgicaux conduisant à des procédures diagnostiques et thérapeutiques multiples ; 3) déni de la connaissance de la maladie par le parent responsable ; 4) régression des symptômes quand est instaurée une séparation parent-enfant.

L'épidémiologie du SMPP retrouve une fréquence dite exceptionnelle (250 cas documentés de 1977 à 2001). L'auteur des troubles factices est la mère naturelle de l'enfant dans 95 % des cas ; son âge moyen au moment du diagnostic est de 29 ans ; on retrouve chez ces mères une surreprésentation des professions paramédicales, des antécédents personnels de troubles factices et un isolement social, affectif et familial. La victime des troubles factices est de sexe indifférent, (autant de filles que de garçons), l'âge moyen lors du diagnostic est de 3 ans et 4 mois ; le délai moyen pour poser le diagnostic est de 14 mois ; il s'agit le plus souvent du dernier enfant de la fratrie.

Les symptômes associent une *pseudologica fantastica* (mensonges extraordinaires et flamboyants sous forme de discours mythomaniaque imprécis et impressionnant marquant l'anamnèse à l'image des *Aventures extraordinaires du baron de*

Münchhausen et des troubles factices de trois sortes possibles : inventés, simulés et provoqués.

Dans sa revue de littérature en 1987 sur 117 cas de SMPP, Rosenberg répertorie les méthodes de fabrication des troubles factices du SMPP et trouve :

– 25 % de cas de fausses allégations sans production active. Les symptômes peuvent être classés en deux catégories : les fausses allégations isolées (exemples : comitialité, apnées, vomissements, asthme) et les falsifications d'examens complémentaires (exemples : manifestations hémorragiques, fièvre, hypertension artérielle, lithiases urinaires).

– 25 % de cas de fausses allégations plurisymptomatiques avec et sans production active.

– 50 % de cas de fausses allégations avec production active. Ces symptômes nécessitent souvent d'être vus par le médecin (exemples : manifestations hémorragiques, comitialité, dépression du système nerveux central, apnées, diarrhées, vomissements, fièvre, éruption ou inflammation cutanée, asthme, lithiases urinaires).

Les allégations isolées de la mère, sans passage à l'acte proprement dit de sa part, ont ici les mêmes conséquences sur l'enfant et sur la relation médicale.

Le comportement associe un « vagabondage hospitalier », une tendance de l'enfant à abonder dans le sens du parent et une attitude particulière pendant les soins : relations fusionnelles mère-enfant, attitude de « mère parfaite », attitude d'anxiété et sentiment d'injustice puis déni des faits dès la moindre suspicion à son égard. On distingue quatre catégories de comportement : les « addicts aux docteurs », les « chercheurs d'aide », les inducteurs actifs et les « négligents actifs » (*active neglects*). En ce qui concerne les « inducteurs actifs » (*active inducers*), cette forme est la plus caractéristique des inducteurs de SMPP, la plus tardivement diagnostiquée aussi tant la mystification est intense. La mère apparaît bonne au-delà de tout soupçon et l'enfant est souvent nourrisson ou d'âge préscolaire. La mère provoque directement sur l'enfant les symptômes mettant sa santé et sa vie en péril. Les symptômes sont divers et spectaculaires. Ils sont caractérisés par un déni extrême avec une projection et une dissociation des affects. La confrontation avec la vérité peut entraîner un passage à l'acte suicidaire. La littérature fournit très peu de descriptions détaillées du diagnostic ou de la dynamique de ces mères tant elles sont notoirement résistantes à toute prise en charge et fuient toute intervention thérapeutique.

La psychopathologie retrouve une perturbation des relations médecin-malade avec une présentation indirecte des symptômes par l'intermédiaire de l'enfant. Les mères sont confiantes et compliantes pour les soins de l'enfant. Il existe un plaisir d'abuser et de tromper, des traits de personnalité masochiste et une dimension autoérotique dans l'accomplissement des conduites agressives.

Meadow a dressé le premier une liste de signaux d'alarme devant inciter à la vigilance ; sa liste s'est trouvée rallongée par d'autres auteurs comme Rosenberg. Ces signes d'alarme sont cependant difficiles à utiliser comme guide pour les médecins. « Il suffit d'y penser » n'est pas une méthode aisée. En effet, il faut compter sur les caractéristiques d'une relation particulière au monde médical qui inclut la dénégation/le déni. Il semble que beaucoup de ces situations soient méconnues (d'où la « découverte récente » de cette pathologie du lien mère-enfant).

Nous pouvons donc considérer être en présence d'éléments à valeur de suspicion lorsque la maladie de l'enfant présente plusieurs facettes : elle est longue, persistante ou récidivante, inhabituelle ou même rare, apparaissant comme un cas unique ; lorsque les symptômes et signes cliniques n'ont pas de lien séméiologique entre eux, ils sont inappropriés, incongrus, inhabituels ; lorsqu'il existe une extrême discordance entre les signes cliniques constatés, la normalité des examens paracliniques et l'état général de l'enfant bien souvent conservé ; lorsque les symptômes sont particulièrement alarmants (exemples : crises comitiales observées uniquement par la mère et ne répondant

233

pas aux traitements anti-comitiaux, bactériémie polymicrobienne avec germes incompatibles) ; lorsque les signes et symptômes disparaissent en l'absence de la mère ; lorsque le père est toujours absent pendant l'hospitalisation de l'enfant ; lorsque la mère dit ne pas connaître la cause de la maladie (dénégation/déni) ; lorsque la mère montre un attachement excessif à l'enfant et reste constamment à son chevet ; lorsque la mère entretient des relations amicales avec le personnel hospitalier : décrite comme mère modèle, elle cherche à s'impliquer dans les soins aux autres enfants et à réconforter le personnel soignant, elle paraît plus proche du personnel soignant que réellement présente auprès de son enfant (le plus souvent elle montre une grande confiance et une compliance par rapport au service de soins alors que les soignants n'ont pas cette sérénité ; plus rarement elle se montre insatisfaite, récriminatrice voire agressive) ; Lorsque la mère semble intelligente : elle a un vocabulaire médical poussé ; lorsque la mère donne l'impression d'être moins concernée que le médecin : elle accueille favorablement toutes les explorations médicales pratiquées sur l'enfant, même lorsque les procédures d'investigation se révèlent pénibles pour l'enfant ; lorsque l'on retrouve des antécédents de mort subite du nourrisson au sein de la même fratrie ; Lorsque l'enfant présente de nombreuses allergies ; lorsque l'enfant tolère mal le traitement : les vomisse-ments sont fréquents, ainsi que les inflammations de la peau et les problèmes dus aux perfusions.

Différents facteurs concourent à faire obstacle au diagnostic

L'« aveuglement » médical reste la première explication des diagnostics manqués, de par la méconnaissance du syndrome dans les milieux médicaux, notamment dans les lieux éloignés des centres hospitalo-universitaires. Néanmoins cette tendance est moins marquée puisqu'on assiste depuis quelques années à un engouement certain pour cette fascinante pathologie.

La non-reconnaissance du diagnostic est illustrée par le délai moyen estimé à quatorze mois entre les premiers signes factices et le diagnostic. En premier lieu le médecin commence par « croire le déni » convaincu et convaincant de la mère, puis la recherche infructueuse de l'origine des symptômes renforcera le zèle du médecin avec une répétition des hospitalisations. Pour le médecin, qui n'est ni juge ni détective, accepter le diagnostic de SMPP c'est reconnaître avoir été piégé dans son savoir et sa puissance. Ce que recherche la mère, c'est justement de détruire l'illusion commune de la soumission confiante et passive du patient devant la toute-puissance médicale. Elle attaque la Parole du Maître en montrant deux choses : qu'il se trompe (donc qu'il est impuissant) et qu'il est dangereux. En le rendant aliéné à sa position de tout-savoir, elle attaque le médecin sur un plan narcissique et imaginaire si bien que celui-ci ne peut plus reconnaître son erreur.

Le médecin et le personnel soignant sont convaincus de l'attachement de la mère à l'enfant à l'opposé d'une attitude suspicieuse. Le personnel de pédiatrie est soucieux de créer des interactions positives avec les parents (d'où les permissions de visites sans restriction pour les parents et aussi les hospitalisations mère-enfant). Ainsi la relation « fusionnelle » mère-enfant suscite une discrétion et un retrait de la part des soignants qui s'opposent à une possibilité diagnostique. Angoisse de séparation et hyperprotection ne sont pas des attitudes attendues en situation de maltraitance.

Enfin pour éviter d'être démasquée, la mère déménage ou change de médecin ou d'hôpital. Si elle est découverte, elle nie toujours. Le développement des systèmes informatiques (carte vitale) en prise avec l'atteinte de la liberté individuelle n'a pas encore permis de colliger les avis de différents médecins sur un même enfant (vagabondage hospitalier), ni de permettre un suivi afin de prévenir la récidive.

Convaincre la justice de la réalité de ce syndrome représente une véritable difficulté, notamment en Angleterre et aux États-Unis, où le thème de l'absence de preuve des sévices est récurrent. La méconnaissance du SMPP par les magistrats et autres juristes empêche aussi la prise rapide de mesures de protection pour l'enfant avec si nécessaire une séparation d'avec la mère.

Les limites sont parfois minces avec la normalité des parents stressés et, compte tenu de la difficulté d'apporter la preuve du diagnostic, il faut compter sur un non-diagnostic inestimé probablement important (suspicion fréquente en médecine générale comme en pédiatrie).

Le pronostic médical constitue un aspect peu étudié dans les publications, hormis la mortalité. Selon les études, la mortalité varie de 7 à 10 %, il s'agit donc d'une donnée statistique majeure devant être gardée à l'esprit par tous les professionnels. Le principal facteur de risque semble être certaines formes symptomatiques des troubles factices : les principales causes de décès sont les asphyxies manuelles et les intoxications aux psychotropes, à l'eau ou au sel.

Le taux de morbidité à court terme est de 100 %. Il s'agit des symptômes douloureux infligés et subis par l'enfant, et résolus sans difformité ni déficit fonctionnel permanent. Plus l'intervention médicalisée (examens complémentaires, traitements médicaux ou chirurgicaux) est invasive (chirurgie, pose de cathéters centraux, artériographie, etc.) et plus le pronostic est péjoratif.

La morbidité à long terme correspond aux symptômes résultant en une difformité ou un déficit fonctionnel permanent. La morbidité physique est évaluée entre 8 et 10 % des cas selon les auteurs. Ce qui veut dire que dans 90 % des cas aucune séquelle physique permanente n'a été mise en évidence. Ces séquelles dépendent du type de symptôme induit. On y trouve principalement des séquelles chirurgicales après de multiples interventions sur le tube digestif, des séquelles neurologiques avec paralysies d'origine centrale, cécité corticale ou/et retard mental, des lésions articulaires avec boiterie et des transmissions de virus HIV par transfusion. Nombreux sont les multi-opérés de l'abdomen (laparotomie, colectomie ou iléostomie) prédisposés à des complications ultérieures.

La morbidité psychologique a été peu étudiée. Elle s'inscrit dans un contexte de comorbidité plus large que le SMPP. Elle n'est pas seulement la conséquence de la morbidité physique. Les nourrissons ont souvent des troubles du comportement alimentaire. Les enfants préscolaires sont souvent en retrait social, hyperactifs et opposants. Ces enfants manifestent souvent des préoccupations concernant leur intégrité corporelle (peur d'être malade) ou se sentent menacés (peur d'être empoisonnés ou de mourir). En âge scolaire on trouve parfois un tableau d'« invalidisme chronique » avec des angoisses de séparation marquée. Ils semblent apprendre rapidement à tolérer passivement les procédures médicales. Les mesures de restrictions imposées par leur mère (restrictions alimentaires, conditions de vie strictes, limitation des contacts sociaux) et l'absentéisme scolaire dû aux hospitalisations excluent et marginalisent l'enfant relativement tôt. Les plus âgés ont parfois des symptômes de conversion et peuvent coopérer avec la falsification parentale. À l'âge adulte se développent des troubles du comportement ou de la personnalité avec immaturité, instabilité affective, intolérance aux contraintes et facilité des passages à l'acte. Enfin, parfois, le syndrome apparaît transgénérationnel, l'enfant victime de SMPP sera atteint à l'âge adulte d'un SM, de même que chez l'auteur du SMPP on retrouve des antécédents de SM dans l'enfance.

Concernant la morbidité dans la fratrie, Hatier cite chez les frères et sœurs : 11 % décédés en bas âge de cause inexpliquée, 39 % victimes de SMPP et 17 % victimes d'abus physiques ou de négligences de soins. Ces chiffres sont très inquiétants puisque les 11 % décédés en bas âge sont nettement au-dessus des normales de la population générale : statistiquement donc ce sont des homicides. Il apparaît donc de première importance que pour chaque suspicion de SMPP une enquête systématique sur la fratrie soit effectuée. L'extension d'un SMPP à la fratrie serait corrélée à l'existence de graves troubles de la personnalité chez la mère. Ainsi le risque d'extension du SMPP dans la fratrie, évalué selon les auteurs entre 9 à 25 % des cas devrait également influer sur la prise en charge de l'enfant mais aussi de sa fratrie. L'enfant victime de SMPP est le plus souvent le benjamin de la fratrie, la mère reportant sur le dernier-né un comportement par procuration qu'elle induisait avant chez l'enfant précédent.

Et l'enfant dans tout ça ?

Le SMPP fixe l'attention sur la mère. Il existe peu d'études sur la psychopathologie de l'enfant victime. La psyché de l'enfant, ignorée en premier lieu par la mère, semble l'être aussi par les praticiens. Tout enfant (et ce d'autant plus qu'il est moins âgé) paraît susceptible d'être victime d'un SMPP, ce qui explique peut-être en partie la fascination qui entoure ce syndrome malgré son extrême rareté. En effet, la dépendance absolue dans les premières phases de la vie à la toute-puissance de la mère renvoie tout un chacun à l'imaginaire enfant victime qu'il aurait pu être. En offrant un modèle idéal de mère coupable, le spectre monstrueux de la mère inductrice de SMPP permet d'exorciser ses propres angoisses infantiles liées à la dépendance de la toute-puissance de sa mère.

Le SMPP renvoie, en ce qui concerne l'enfant victime, à la notion d'étayage idéal avec la « mère suffisamment bonne » (selon D. Winnicott) : ici la mère est « trop bonne » parce que trop anticipatrice, maîtrisant tout et connaissant seule les réponses aux énigmes qu'elle suscite. Ce comportement maternel est fréquemment sous-tendu par une dépression maternelle qui entrave le processus d'autonomie de l'enfant. Il s'agit d'un système envahissant de mise en invalidité. L'enfant a conscience que ce n'est pas la faute de sa mère et qu'il est là en soutien... Par identification projective, la mère, refusant de mentaliser l'ambivalence de toute relation mère-enfant, vit l'enfant et sa pensée comme une menace. C'est là que se trouve toute la morbidité psychologique de l'enfant qui n'est plus sujet mais objet maîtrisé ; séduit et complice, en situation d'emprise, l'enfant glisse vers l'aliénation sous l'emprise de sa pathologie corporelle (prolongement du corps maternel) et plie sous l'amour affiché de cette « mère exemplaire ». L'enfant ne peut pas recourir au père qui ne voit rien. L'indépendance n'est pas possible pour l'enfant sous le joug de la passivité et de l'assuétude. Seule l'instance symbolique de la Loi peut aider le père à reprendre sa place lors du diagnostic du SMPP.

L'enfant vit dans un paradoxe morbide : « être seul est impossible » car l'enfant est le gardien de l'intégrité psychique maternelle et « être ensemble est obligatoire mais dangereux » car l'enfant sacrifié est l'objet de maîtrise par délégation expiatoire des fautes commises par les propres parents de la mère.

L'enfant se trouve donc dans le rôle de médiateur de conflits intrapsychiques maternels grâce à la délégation (procuration). Leurs relations sont de type symbiotique ; il est envahi par la mère dont il est complice dans la collusion du déni, dans la répression de son expression voire dans ses capacités propres de représentation. Dans le SMPP, non seulement la mère pose un interdit d'autonomie (dépendance toujours signifiée par les symptômes et les soins) mais elle pervertit le désir d'autonomie par la confusion qu'elle induit (relation au médecin fausse d'emblée puisque la mère garde la maîtrise des symptômes).

À propos de maltraitance

Je suis d'accord avec Delphine Paquereau sur le fait que la prise en charge des enfants victimes de maltraitance est assez mauvaise en France et que le SMPP est une forme de maltraitance de degré très complexe. Il est important de souligner la prise en charge vraiment médiocre pour protéger l'enfant. L'atteinte psychologique de l'enfant existe ipso facto pour tout type de maltraitance. En effet, en cas de maltraitance, le traumatisme fondamental que l'enfant subit sur un plan affectif est celui d'une trahison par les personnes en qui il devrait avoir totalement confiance, trahison doublée d'un sentiment d'impuissance et de perception négative de lui-même. Ainsi, en dehors de la peur et la douleur, ce qui donne la dimension traumatique de l'épisode, c'est le sentiment qu'un adulte a trahi la confiance et l'affection de l'enfant en l'absence de protection (support) par un autre adulte. Pour l'enfant se pose la question de ne pas être aimé par ses parents : est-ce possible ? La mère qui est son premier objet d'amour, peut-elle ne pas l'aimer ? Il adhère aux dires et aux faits de ses parents car il pense ne pas pouvoir être aimé autrement ou alors plus du tout. Il peut même idéaliser un parent maltraitant tellement il lui est vital de maintenir quelque part cet amour de confiance. On ne peut énoncer l'impensable, d'où le déni (refus inconscient).

Les conséquences sur la santé sont désastreuses (100 % de morbidité) entraînant de graves répercussions, de perpétuelles interrogations sur la parentalité, l'éducation et la bientraitance, etc. Dans le cas d'une prise de conscience réussie comme celle de Mme Paquereau, il persiste un sentiment de culpabilité dont Mme Paquereau souligne l'importance de se débarrasser le plus possible pour *se construire une résilience durable.*

Puisse ce livre aider les médecins et professionnels de la santé à un meilleur repérage de ces mères (trop parfaite, en apparence) afin d'aboutir à une meilleure protection des enfants. Quant à la question de la prise en charge des mères maltraitantes, est-elle possible une fois que le mal est fait ? La prévention envers la génération victime reste la piste principale pour éviter d'autres souffrances.

Docteure Stéphanie Dauver, pédopsychiatre

TABLE DES MATIÈRES

Table des matières

www.ingramcontent.com/pod-product-compliance
Lightning Source LLC
La Vergne TN
LVHW010212060726
842525LV00014B/3291

Delphine PAQUEREAU

CÂLINS ASSASSINS

Delphine a 4 ans lorsque son enfer commence...

"On s'est toujours promis, avec maman, qu'on n'en parlerait plus, que c'était fini. Sauf qu'après cette promesse que je me refusais de trahir, j'ai eu de nombreux mauvais moments à passer... J'ai pris peu à peu conscience que mon mal-être venait probablement du vagabondage hospitalier vécu dès mon plus jeune âge, de la façon dont ma mère me manipulait, de toute cette tristesse, ces peurs si bien refoulées depuis des années. Mon esprit ne veut pas se souvenir mais mon corps, lui, n'a rien oublié et me le fait savoir."

Le syndrome de Münchhausen par procuration est une forme grave de sévices à enfant : l'adulte qui a la charge de l'enfant provoque de manière délibérée chez lui des problèmes de santé sérieux et répétés avant de le conduire auprès d'un médecin.

*Née en 1983, **Delphine Paquereau** grandit en Poitou-Charentes au cœur d'une famille dysfonctionnelle. Sa mère est atteinte du syndrome de Münchhausen par procuration, elle passe donc son enfance dans les hôpitaux. Aujourd'hui mariée, elle est mère de deux enfants et vit en Charente-Maritime.*

www.maxmilo.com

ISBN 978-2-3-1500714-1

9 782315 007141

Couverture : Laura Acquaviva